AF482238

Las caras de la vida

Carolina Cebrian Escobar

A todos los hombres y mujeres que se levantan cada día con
la intención de crecer en su interior para crear una vida
mejor.

CONTENIDO

Gracias familia por todo y por tanto en tan poco tiempo.

Gracias a mis primeros lectores por apoyarme y hacer realidad esta segunda edicción y gracias a ti, mi querido lector, por acompañarme en este momento.

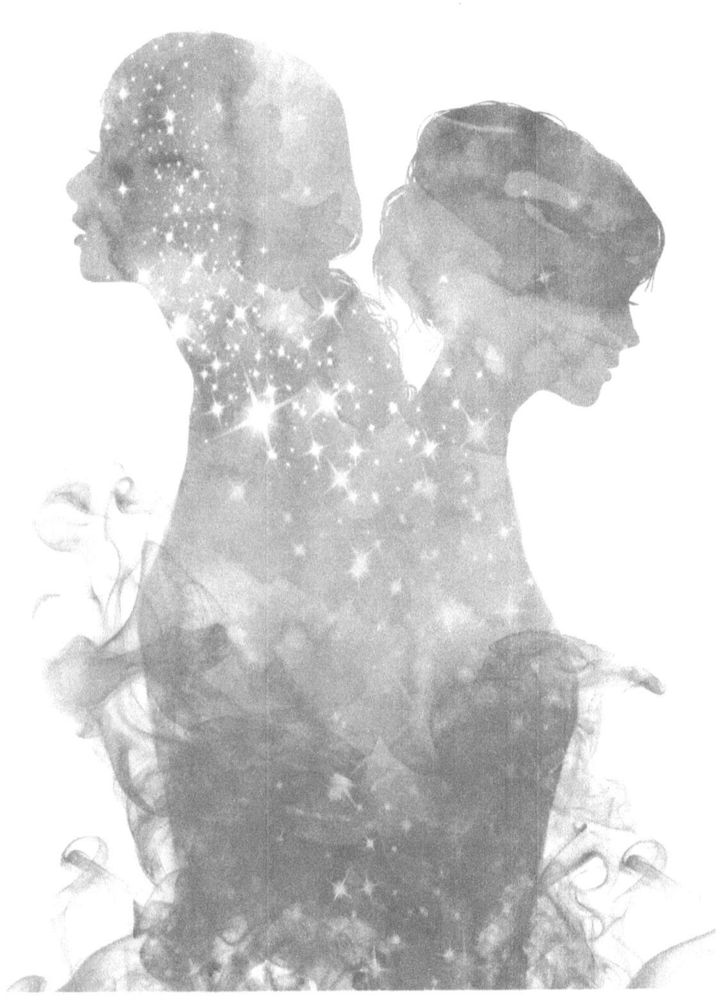

CAPÍTULO 1:

AUSENCIA

Era una noche oscura y fría de tormenta, con el cielo cerrado de nubes negras y una cortina de agua que empapaba todo a su paso, dejando pequeños riachuelos recorriendo las calles. No se puede decir que hiciese frío, pero la humedad calaba hasta los huesos haciendo tiritar sin dar descanso. Se trataba de una de las primeras lluvias de ese invierno y se podía percibir el petricor, ese olor tan característico que se desprende del suelo después de muchos meses sin llover. Una mezcla de humedad, tierra, frío y metal, que se entrelazan, y que tan a menudo nos hace añorar.

Andrea llegaba a casa calada de agua hasta los huesos a pesar de que el trayecto que había recorrido, desde la oficina donde trabajaba hasta el lugar donde había dejado el coche, era relativamente corto. Ir cubierta con un gran paraguas no impidió que el agua anegara su gabardina camel y la humedad le empapase el pelo.

Pasaban ya unos minutos de las ocho de la tarde y había sido un día largo y duro en la oficina. Se sentía cansada. Hoy había presentado su último proyecto y había sido, en general, una semana de ultimar detalles, intentar calmar los nervios y soportar mucha presión.

Cuando por fin entró por la puerta de su apartamento, soltó el paraguas en el paragüero de forja *beige* de estilo francés que tenía en la entrada, se quitó los tacones de salón que utilizaba para ir a la oficina y se sintió aliviada al liberarse de la opresión del zapato y poder andar descalza por el parqué de casa. Lo único que le apetecía después de una semana agotadora era poder disfrutar de una ducha de agua caliente para entrar en calor y relajar el cuerpo de tensiones.

Atravesó el salón-comedor con cocina americana dejando tras de sí las luces encendidas, y fue directa a su dormitorio. Era la habitación principal y contaba con baño propio.

El suyo era el típico apartamento minimalista de una pareja sin hijos: ordenado, impoluto, con pocos muebles y en tonos crudos y cristal.

Todo era perfecto, todo en su lugar, todo estudiado. Era una casa de exposición, neutra y fría, y sin la esencia de un hogar confortable y acogedor. Sin recuerdos, sin adornos entrañables, ni fotos que reflejaran momentos compartidos. De ninguna manera se asemejaba a una morada cálida y acogedora, de esas en las que, cuando llegas, sientes el calor de lo casero. Calor de humanidad, de vivencias, de tener recorrido en compañía. De eso no había nada.

Andrea se quitó la ropa húmeda y se metió en la ducha. Se quedó durante un buen rato bajo el chorro caliente, lo hizo dejando que el agua la fuera mojando lentamente, sintiendo cómo el líquido cálido y transparente recorría su cuerpo mientras ella intentaba relajarse de toda la tensión acumulada sin pensar en nada más que en el placer de ese momento.

A pesar de trabajar para un laboratorio internacional de farmacia y tener a su cargo todo un departamento de investigación y nuevos fármacos, en casa, Andrea era una mujer sencilla, sin hábitos ostentosos. Así, cuando terminó la ducha y se enjugó de su leche corporal de flores blancas, se puso su querido pijama de franela: un pantalón turquesa con rayas formando cuadros y un jersey del mismo color con un mensaje en el pecho que decía "love you". Era uno de sus pijamas favoritos, había sido un regalo de Ania, su mejor amiga desde que iba al instituto. Se lo regaló entonces y aún lo conservaba.

Después de aquel larguísimo día en oficina y de la intensa lluvia, tan solo quería estar caliente y cómoda, no le importaba que su pijama fuera casi infantil.

Se calentó una taza de leche con miel y se echó en el sofá con *chaise-longe* de diseño y forrada en cuero de tono crema. En él dejó que el tiempo pasara.

Dejó que su cuerpo descansara allí mientras sus ojos, perdidos, se dirigían a un punto indeterminado del apartamento, las pupilas aparentemente dilatadas y la mente activa, muy activa.

La noche transcurría silenciosa, solo se escuchaban el viento y el agua que empujaba las ventanas como si quisiera abrirlas para entrar dentro de casa.

En noches como esa, donde la invadían la desazón y el cansancio acumulado, añoraba sus brazos rodeándola; su cuerpo desnudo junto al suyo, calentándola bajo el edredón mientras se fundían en un abrazo eterno hasta que el sueño llegaba, uno en brazos del otro, envueltos en esa sensación de seguridad y tranquilidad que tanto le gustaba y que, al mismo tiempo, tanto extrañaba.

Habían transcurrido ya más de dos años desde que Matías se fue. Sin embargo, esa ausencia era solo aparente, porque su recuerdo vivía cada día en su presente.

Consciente o inconscientemente, Andrea así lo había decidido.

Continuaba viviendo en el mismo apartamento que habían elegido juntos, aunque tuvo más peso la decisión de Matías, ella se hubiera conformado con algo más sencillo. Un coqueto piso de dos habitaciones y diseño moderno con un toque francés que habían compartido desde que llegaron a Sevilla. Y no solo ella seguía allí, también lo hacía gran parte de las cosas de Matías porque Andrea no había podido deshacerse de ellas.

Guardaba sus fotos, algunas de sus prendas favoritas y su colonia preferida. Ni siquiera había sido capaz de ocupar los huecos de los armarios que él había dejado vacíos.

Pero él ya no estaba y no volvería. Ella lo sabía.

Andrea volvió a enfocar la mirada, se incorporó y se quedó absorta de nuevo mirando el pequeño mueble bar del salón, una vitrina cuadrada de menos de un metro de altura en madera *beige* y puertas de palillería que dejaban ver lo que habían guardado a modo de exposición cuando se encendía la luz interior. Lo había elegido Matías, ella apenas lo usaba, aunque allí seguían las copas y alguna botella de licor.

Cogió la taza que había dejado en el reposabrazos y bebió un poco. Luego, continuó observando distintos rincones del salón sin pensar en nada en concreto, pero sintiéndose desdichada por todo lo que le había sucedido e intentando encontrar alguna explicación que la aliviara y la salvara de su culpa.

Derrotada por el cansancio, se terminó la taza de leche y miel, se levantó del *chaise-longue* y fue apagando una a una las luces encendidas para irse a dormir.

Una vez en la habitación, desplomó su cuerpo cansado en la cama y, tapándose con el edredón, se sintió protegida por la ropa que la cubría y se dejó llevar, como una niña pequeña, hacia un sueño inocente.

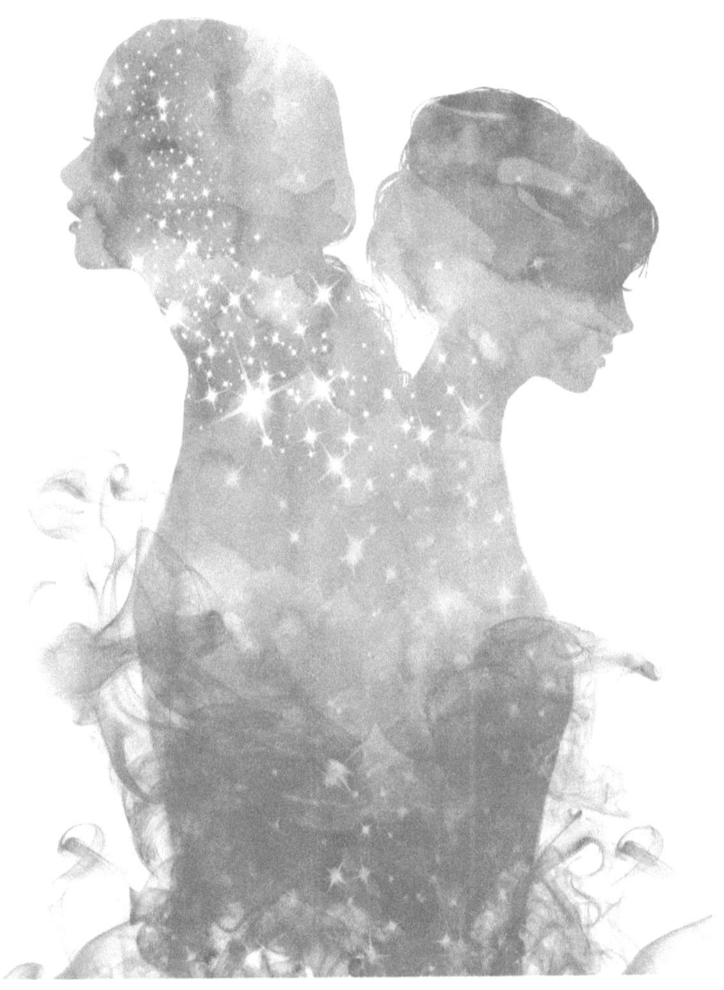

CAPÍTULO 2:

SUS COMIENZOS

Matías y Andrea se habían conocido en la Universidad de Málaga. Ella estudiaba quinto de Medicina y él, cuarto en la Facultad de Derecho.

Habían sido presentados por unos amigos en común en la Facultad de Psicología. Ese día sus horarios los obligaban a comer por allí y eligieron ese campus porque tenía los menús más económicos de la ciudad universitaria.

♣

Andrea era de un pequeño pueblecito de la

Axarquía-Costa del Sol. Procedía de una familia tradicional y tenía unos padres correctos, pero nada cariñosos. La pareja había tenido dos hijos, con diez años de diferencia, porque era lo que "correspondía" después de casarse, pero dentro de ellos nunca hubo un verdadero sentimiento de paternidad, ni palabras de cariño ni abrazos o afecto con sus hijos. No existía una relación de apego ni afectividad; ni siquiera se había desarrollado esa relación de confianza habitual entre padres e hijos. Sin embargo, no se podía negar que se habían preocupado por ellos. A nivel material, nunca faltó comida, educación y sus necesidades estuvieron siempre cubiertas.

Para Andrea sus progenitores eran algo así como unos compañeros de piso. Existía una barrera afectiva que les impedía hablar de esas cosas que se hablan en familia. No había apoyos ni consejos, ni tampoco bromas entre padres o hermanos, era casi aburrido y vacío.

Su hermano, diez años mayor que ella, no tenía sentimientos de arraigo familiar. Con diecisiete años consiguió una beca de intercambio en un instituto de Inglaterra y decidió probar suerte quedándose y realizando sus estudios universitarios en ese país. Tan solo volvió a casa al terminar la carrera y, en sus viajes laborales a España, nunca incluyó en sus planes visitar a su familia si lo separaban muchos kilómetros. La relación se limitaba, como en el caso de Andrea, a llamar una vez en semana a casa y charlar de banalidades.

Era una familia con mucho callado, poco vivido y nada disfrutado. Siempre pocas palabras y muchos silencios. Secretos. No se podía hablar de secretos porque no se podía decir que hablaran.

Andrea había sido siempre muy buena estudiante y había logrado que algún que otro año la becaran en la Universidad. Los fines de semana trabajaba como camarera en un típico bar de tapas del centro de la ciudad para poder pagar parte del piso que compartía con dos chicas más y cubrir algunos de sus gastos, ya que sus padres no podían asumir todos los costes que suponía vivir fuera de casa.

Matías, por su parte, había sido un hijo querido y deseado. La suya era una familia serena, unida en el amor, llena de guiños y complicidad. Había tenido unos padres amorosos, pacientes y muy comprensivos, y eso a pesar de que Matías hubiera merecido un poco menos de esto último en alguna ocasión. Y es que, aunque no era mal chico, siempre fue algo pillo, a la vez que, habitualmente, se las ingeniaba para que los demás hicieran las cosas por él.

No había sido un estudiante ejemplar, incluso repitió dos cursos y no por falta de aptitudes, que sí las tenía, sino más bien por falta de actitud e interés por los estudios.

Matías siempre había vivido en Córdoba con sus padres, pero, debido a sus notas, no consiguió plaza en la Universidad de su ciudad, por lo que tuvo que optar por matricularse en Málaga.

Los años en la facultad no fueron un éxito. Iba pasando de curso sin pena ni gloria y ni siquiera iba a curso por año. A pesar de ello, sus padres parecían satisfechos de los logros de su hijo.

El primer año vivió en una residencia de estudiantes, pero los años posteriores decidió irse a vivir a un piso con unos compañeros que había conocido.

♣

Durante la comida en la que se conocieron Andrea y Matías no hubo nada especial entre ellos, tan solo unas horas compartidas y algunas frases cruzadas en las conversaciones comunes que iban surgiendo.

Y, después de aquel primer encuentro, coincidieron algunas veces más, pero siempre con amigos comunes y en no más de cuatro o cinco ocasiones. Luego llegaron los exámenes de junio y el final de curso y no se volvieron a ver más.

Fue tres años más tarde, cuando el destino los volvió a unir en una sala de urgencias.

Él había recibido un golpe con el coche y sentía mareos y náuseas. Ella estaba como estudiante del MIR pasando consulta en urgencias del hospital Universitario Carlos de Haya al que acudió Matías.

Cuando entró a la consulta, comenzó a explicarle lo ocurrido.

—¿Qué le pasa? —preguntó Andrea

—Pues verá, iba de camino a casa y el coche que venía detrás no ha frenado a tiempo y me ha golpeado. Pensé que no había sido nada, pero cuando he llegado a casa he empezado a sentirme mal.

—¿Qué síntomas tiene? —volvió a preguntar ella.

—He comenzado a marearme y tengo náuseas.

—¿Algún síntoma más? —le preguntó levantando la cabeza y mirándolo a los ojos.

En ese momento, Matías supo que la conocía; la recordaba, pero no sabía de qué. Esos labios carnosos y sonrojados los había visto antes, sin embargo, no era capaz de ubicarlos en ningún sitio concreto. Comenzó a esforzarse por recordar y, como no lo conseguía y la curiosidad lo empezaba a llamar sin dejarlo tranquilo, decidió ir directo a preguntar.

—Yo te conozco —le dijo con voz segura y aires de saberlo todo.

—No lo creo, tengo una cara muy común —contestó ella creyendo que era un ligón más.

Matías pensó que sus rasgos podían ser cualquier cosa menos comunes. Morena, de melena larga y frondosa, con un rostro dulce, redondeado y con un tono natural pálido, pero sonrosado. Siempre tenía los labios rojizos, no hacía falta que los maquillara, además de que destacaban por su perfilado y su volumen. Las manos las tenía muy cuidadas y los dedos largos y finos. Su mirada era en ocasiones huidiza, pero tenía unos bonitos ojos almendrados.

De forma cortante e intentando mantener las distancias, Andrea volvió a lo que había llevado a Matías a la consulta:

—Lo que le pasa es algo normal después de haber sufrido un impacto, seguramente tenga algún daño en el cuello. Ahora lo llamarán para hacerle una radiografía.

Matías salió de allí convencido de que la conocía y defraudado porque su pelo castaño y sus ojos rasgados de mirada profunda habían pasado desapercibidos para aquella doctora que, por otra parte, lo había dejado cortado con su actitud distante, como si estuviera ciega y no hubiera visto a quien tenía delante. Sabía que las chicas siempre se fijaban en él, un chico joven, atractivo, alto y atlético.

Matías esperó su turno para la radiografía mientras seguía preguntándose de qué conocía a aquella doctora altanera que no había sucumbido a sus encantos.

Una vez estuvieron todos los resultados, volvió a entrar en consulta.

—Aunque molesto, lo que tiene no es nada de lo que deba preocuparse. Se trata de un esguince cervical que lo tendrá convaleciente durante algún tiempo. Le recomiendo llevar un collarín y reposo durante una semana, luego ya puede empezar con la rehabilitación. Todo esto lo voy a dejar escrito y ahora se lo doy junto con la radiografía. No sé si ha dado parte a la mutua. El informe que estoy haciendo ahora se lo puede entregar a ellos.

—De acuerdo —contestó él sin parar de repetirse que conocía a esa mujer.

Entonces, se acordó.

—Sí que nos conocemos —le dijo—. Coincidimos comiendo en la Facultad de Psicología. Tú ibas con Carmen, ella fue quien nos presentó.

Andrea se sorprendió por su insistencia, pero hizo algo de memoria y le contestó sin demasiado interés. Estaba siendo una guardia muy larga y con muchos pacientes. Ella creía ubicarlo, pero estaba muy agotada y solo podía pensar en que en media hora terminaría el turno y se iría a casa para descansar.

—Pues puede que tengas razón, pero de eso hace ya mucho tiempo.

—Sí, un par de años. Te ha ido bien, no puedes quejarte.

—De momento estoy haciendo el MIR, cuando

termine ya veremos. Y tú, ¿qué tal? ¿Has terminado? —
le preguntó con cordialidad, sin querer entrar en
detalles porque no recordaba exactamente ni qué
estudiaba.

—Todavía tengo alguna por ahí, pero creo que
este año termino.

—Genial. Me alegro.

—Gracias.

—Cuídate unos días y haz lo que te he dicho.

Matías se fue, pero siguió pensando en su
reencuentro con Andrea. La recordaba como una chica
dulce y amable y estaba seguro que quería volver a
verla.

Unos días más tarde, con la excusa de que le
recomendara un centro de rehabilitación, se volvió a
acercar al hospital e intentó hacerse el encontradizo
con ella. Preguntó en urgencias y le dijeron que estaba
de guardia, así que decidió dar vueltas por los pasillos
con el diagnóstico en la mano y los ojos muy abiertos

hasta encontrarla.

Matías podía ser muy insistente cuando quería conseguir algo y ahora su objetivo era volver a ver a Andrea. Treinta y cinco minutos más tarde la vio salir de una consulta y la abordó fingiendo tropezarse con ella.

—Hola —saludó Matías simulando estar sorprendido y con una sonrisa de oreja a oreja.

—Hola, ¿estás peor?

—No, no estoy peor, pero venía a preguntar cómo puedo pedir cita para la rehabilitación. ¿Tú no lo sabrás?

—Pues verás, tienes que ir a tu médico de cabecera y que sea él quien te lo prescriba con el informe de urgencias. Aunque te aconsejo que si tienes seguro privado lo utilices. Es mucho más rápido y luego las compañías se encargan de pagarte los gastos.

—Gracias por todo. ¿Tú estás hoy de guardia?

—Sí, he estado veinticuatro horas, pero ya he

terminado, así que me marcho. Si necesitas cualquier otra cosa o tienes alguna duda, pregúntame lo que quieras.

—Gracias. Haré lo que me has dicho. ¿Ahora vas directa a casa o te apetece tomar algo?

—Llevo muchas horas trabajando, quizá otro día. Mañana lo tengo libre —le dijo de manera espontánea pensando en descansar todo el día.

—Entonces podríamos vernos y tomar café.

—De acuerdo.

De camino a casa, Andrea se preguntó por qué le habría dicho que sí. Ella no solía ser de esas chicas confiadas que quedaba con el primero que se lo pedía, ni siquiera si se trataba de un antiguo conocido. No se reconocía con esa actitud, pero ya estaba hecho.

En cualquier caso, aunque la primera impresión que tuvo de Matías fue la de un simple ligón, al hacer memoria recordó un poco más de él y pensó que quizás un poco de aire fresco y recordar antiguos compañeros de la universidad podría ser bonito.

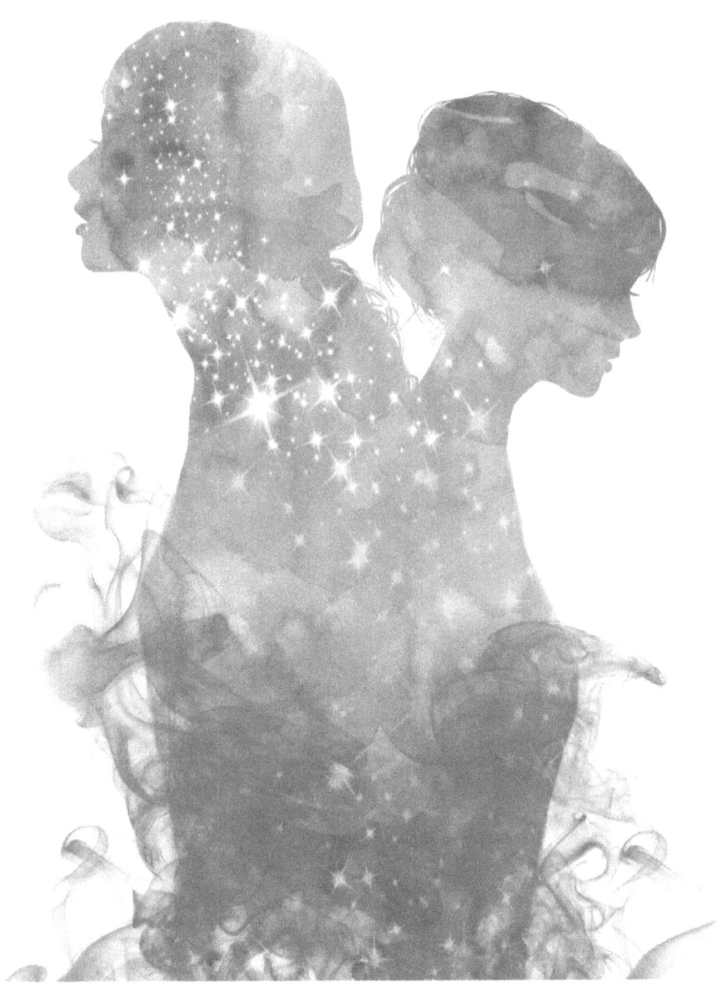

CAPÍTULO 3:

COSAS DE CHICAS

A la mañana siguiente, no quedaba ni rastro de aquella lluvia torrencial que había limpiado calles y bloques dejando una atmósfera más pura y llevándose el polvo y la suciedad acumulada de los meses de verano y otoño en los que no había llovido ni un solo día.

El sol brillaba con fuerza y el cielo se veía azul radiante, como si se hubiera renovado.

Andrea se despertó cuando los rayos de sol entraron por la ventana y acariciaron su cara. Eran casi las diez de la mañana. Se incorporó y miró su móvil. Había un mensaje de Ania, enviado la noche anterior:

"hola!!!...¿quedamos mañana para desayunar y luego nos vamos de compras, que hace mucho que no lo hacemos?"

El mensaje terminaba con un emoticono que le sacaba la lengua mientras guiñaba un ojo.

Pues sí, pensó Andrea, hacía mucho que no se veían para distraerse y hacer cosas que les gustaban a las dos.

♣

Ania era algo más que su amiga. Ella le había dado todo ese cariño que no había encontrado ni en su hogar ni en sus padres. Era, además, su confidente, su confesora, la persona que la escuchaba siempre, aquella con la que se atrevía a desnudar su alma. Esa alma que aún estaba herida, pero que un día fue fuerte y sana. A Ania siempre le había contado sus sueños, sus alegrías y sus penas.

Ania era también la persona que le había enseñado la vida. La poca o mucha que conocía Andrea. Habían compartido los primeros cigarrillos a escondidas, aunque luego a ninguna de las dos le gustaría fumar ni la sensación de mareo que se sufre durante esos primeros cigarrillos antes de familiarizarse con el tabaco.

Lo mismo había ocurrido con el alcohol. Las dos sentían curiosidad, pero su primera copa fue de ginebra y su sabor les pareció horrible, casi tanto como el ardor que les rajaba desde la garganta hasta el estómago conforme el líquido transparente iba bajando.

También fue con ella con quien tuvo sus primeras, y tal vez únicas, confidencias de adolescente, sobre chicos, sexo y demás temas que inquietan y crean tanta curiosidad en esa etapa de la vida en la que ya no eres una niña, pero tampoco una mujer. En casa jamás hubiera encontrado quien la escuchara ni quien respondiera a sus preguntas.

Ania sentía que Andrea era una hermana a la

que tenía que proteger y dar cariño. Siempre tuvo un trato especial con ella, y una paciencia infinita. Mantenían una relación que iba mucho más allá de la amistad. Se sentían hermanas aunque no corriera la misma sangre por sus venas.

Ania y Andrea se conocían desde el instituto. Cuando terminaron, se separaron. Andrea se fue a estudiar Medicina a Málaga y Ania, diseño a Sevilla, aunque eso no fue impedimento para seguir con su relación. Pasaban todos los veranos juntas y, siempre que podían, una de las dos se escapaba algún fin de semana a visitar a la otra.

Con el paso de los años el destino las volvió a juntar en Sevilla.

Nadie hubiera dicho que dos personas tan diferentes podrían llegar a forjar una amistad tan fuerte y duradera en el tiempo.

Ania era risueña, alocada, vivía el momento presente y no preparaba casi nada en su vida, tan solo se dejaba llevar por las circunstancias y disfrutaba de los días. Hacía lo que quería y decía lo que pensaba, a veces sin demasiados filtros, algo que, en ocasiones, irritaba a los que no la conocían, a los que no sabían que simplemente era así, sin más dobleces ni más maldad, que se expresaba como le salía. Como lo sentía.

Andrea era formal, tímida y muy callada con personas a las que no conocía o con las que no se sentía cómoda. Odiaba improvisar, necesitaba que todo, siempre, estuviera estudiado; no quería que el azar fuera quien manejase su vida.

Aquel que no la conocía en el terreno personal hubiera dicho que Andrea era una mujer fuerte, con éxito y actitudes de líder. Sin embargo, esa era la imagen que proyectaba para compañeros, conocidos y demás personas que la rodeaban a diario y que no sabían quién era en realidad.

Andrea pisaba fuerte el suelo allí donde iba. Caminaba con paso firme. Hablaba sin titubear en un tono seguro que la hacía parecer siempre en lo cierto. Pero la realidad era otra. Existía una Andrea distinta, más frágil, con miedos, con dudas; una Andrea a la que ninguneaban algunas de las personas más queridas y cercanas.

♣

Andrea leyó el mensaje de móvil de su amiga. Le alegró la mañana. No tenía planes para ese día y pensó que sería una buena idea irse de compras e intercambiar chismes. Además, Ania siempre la hacía reír con sus locuras. Pero decidió no contestar inmediatamente y se echó en la cama a remolonear y a disfrutar del placer de quedarse un rato más enroscada en el calor de su edredón y de no tener que levantarse temprano.

Media hora más tarde, comenzó a desperezarse lentamente y le escribió:

"me parece genial la idea, ¿nos vemos en el bar de siempre y desayunamos allí?"

A los cinco minutos llegó la contestación de su amiga, un simple "ok" y otro emoticono que hacía un guiño.

A las once y media, Ania y Andrea habían quedado en uno de los laterales del parque de María Luisa, allí había una cafetería-bar antigua y tradicional donde todo lo que se servía era casero.

Pidieron dos zumos de naranja, un café y un pitufo de tomate y jamón para Andrea y una manzanilla y un pitufo mixto para Ania.

Cuando la camarera se marchó con la nota, Ania, tan impulsiva como siempre, se dirigió a su amiga:

—Andrea, cuéntame todas las novedades, que hace mucho tiempo que no nos vemos y ya no me cuentas nada.

—Hay poco que contar, este último mes ha sido de mucho trabajo y he estado muy ocupada y estresada. Apenas he tenido tiempo para dedicármelo a mí. ¿Y tú? Cuéntame qué has hecho. Seguro que mucho más que yo —contestó Andrea.

—¡¡¡Ayyyyy!!! Pues yo he tenido un par de desfiles y se han llenado —comentó entusiasmada y con los ojos brillantes de ilusión—. Vendí un par de vestidos de cóctel y algún traje, y estoy emocionada. Además, he conocido a mucha gente interesante que me gustaría presentarte y a un chico que… no sé… bueno… que me gustaría que conocieras.

—¡Por mí genial! —le dijo Andrea mostrando interés y con sonrisa picarona, aunque preguntándose para sí qué clase de personas serían esta vez esas tan interesantes que le comentaba su amiga, que siempre le presentaba gente de lo más variopinta y nada convencional—. Seguro que me encantará. Además, ahora tengo una racha más tranquila en la empresa y podremos quedar.

—Por cierto —le cortó Ania con curiosidad—, ¿qué tal con Sebas?—preguntó con tono socarrón y cara de pilla.

—Ya sabes que ahora ese tema no me interesa —contestó Andrea bajando la mirada y centrándose en la taza de café medio vacía, perdiéndose dentro de ella.

—Andrea, no puedes seguir así, esa actitud ante la vida no es buena. Son los recuerdos los que deben vivir dentro de ti y no tú dentro de ellos.

Andrea abrió los ojos como platos, la frase de su amiga le había impactado. No la reconocía dándole esos consejos tan profundos y tampoco venía preparada para eso. Se había imaginado unas horas divertidas y despreocupadas dedicadas, simplemente, a disfrutar. Sin embargo, en ese momento, le vinieron a la memoria las primeras navidades con Matías.

♣

Andrea recordó la primera vez que pasaron esas fiestas juntos, Matías y ella, en aquella cabaña de madera perdida en una pequeña zona rural de Granada, con la chimenea puesta a todas horas, escuchando cómo crepitaba la leña en el fuego, con un precioso paisaje nevado de fondo. Asomarse por la ventana era como observar una verdadera postal de Navidad. Fueron tres días maravillosos, llenos de paz, alegría y amor compartido. Todo era perfecto, casi como un sueño del que no hubiera querido despertar nunca.

En un instante se trasladó a aquellas sensaciones reconfortantes llenas de paz y de serenidad donde el tiempo parecía haberse parado. Y donde ojalá se hubiera parado de verdad para ellos. El olor a madera, a hogar vivido, la sensación de tener un cobijo confortable y acogedor. El fuego de la chimenea caldeando la casa. El placer de sus cuerpos desnudos encontrándose una y otra vez.

Ese recuerdo era para ella algo especial, no solo por el hecho de ser las primeras navidades que pasaba con Matías, sino, sobre todo, porque fueron sus primeras navidades. Nunca antes las había vivido así ni había tenido un sentimiento especial en esos días señalados. Hasta entonces, esas fechas eran solo días festivos, nada más. De ese modo se las habían presentado en casa. En casa de sus padres. Jamás había tenido por ellas ilusión. No solo porque sus padres no mostraban ninguno de estos sentimientos, sino también porque nunca las habían celebrado de ese modo. La Nochebuena no se esperaba ni celebraba de manera especial, tan solo era una cena formal y fría, casi protocolaria. Tampoco recordaba haber sentido la magia de la noche de Reyes, porque siempre supo que eran los padres o familiares los que se hacían los regalos.

Tampoco recordaba que fuese una época de reuniones familiares, ya que ni su hermano venía de visita de manera habitual ni sus padres preparaban visitas a sus respectivas familias.

En ese sentido, fue Matías quien le enseñó lo bonita que podía ser la Navidad compartida con amor. Esperar con ilusión un reencuentro y ver aflorar de manera especial los buenos deseos para todos.

Pudo sentir en un instante toda aquella magia revuelta que la relajaba y la excitaba a partes iguales dejándola extasiada de felicidad.

Disfrutó mucho de los días allí vividos, conoció la ilusión de recibir regalos desde el corazón, la espera emotiva de preparar momentos que recordar con nostalgia. La envolvió la paz y la tranquilidad esos días especiales en la compañía de un ser querido que la hacía sentir cosas que antes no había sentido. Se supo querida, amada y protegida.

♣

—¡Andrea, te estoy hablando! –dijo Ania interrumpiendo los recuerdos de Andrea.

En ese instante, Andrea agitó la cabeza y parpadeó volviendo al tiempo real con Ania. Se sentía aturdida, como si acabara de despertar repentinamente de un sueño. Sin mucha convicción le contestó:

—Puede que tengas razón, pero todavía no sé cómo hacerlo.

—Solo tienes que vivir y darle a tus recuerdos el lugar que deben tener en tu cabeza. Debes recuperar tu vida y dejarte llevar más por los momentos que se te ofrecen para ser feliz. Aprende a disfrutar del sol de hoy y de nuestro desayuno —replicó Ania—. ¡Quédate aquí conmigo en vez de estar soñando en vete tú a saber qué!

Andrea se entristeció y se sintió algo incómoda.

Ania se dio cuenta y decidió dar un giro a la conversación.

—A todo esto, y cambiando de tema, hoy quiero llevarte a algunas de mis tiendas favoritas para que te pruebes algunas cosas que creo que te pueden ir bien. Nada de esa ropa aburrida que usas para el trabajo —dijo con una sonrisa.

La ropa aburrida a la que se refería su amiga estaba conformada, sobre todo, por básicos de colores discretos. Prendas formales y sencillas que Andrea utilizaba para ir al trabajo y que Ania detestaba. Veía a su amiga, de treinta y cuatro años, como una chica joven que debía utilizar ropa sexy, vaqueros ajustados, camisas desenfadadas y color, mucho color.

Pero su ropa no hacía más que hablar de ella. Era la corrección personificada en todo momento hacia el mundo. O lo que ella pensaba que debía ser la corrección. Sin atrevimientos, sin saltos ni matices, todo en una línea plana. Sin querer ser vista ni llamar la atención. Lo de Andrea era como pasar de puntillas por la vida.

Pasaron el resto de la mañana en uno de los centros comerciales favoritos de Ania, entrando a todas las tiendas, mirando y probándose todo lo que les llamaba la atención. Algunas veces por la simple curiosidad de saber cómo les sentaría aquella prenda casi imposible de llevar, otras solamente por echar unas risas vistiéndose de forma ridícula, con prendas extravagantes, que casi las hacía sentir disfrazadas. En algún caso, también, con la intención de comprar.

Parecían dos niñas pequeñas que por primera vez salían de compras. Revoloteaban de un lado a otro riéndose de ellas mismas y de la otra, revolviendo a su paso todo lo que encontraban en estanterías y percheros con tremenda curiosidad.

Entre risas, pruebas y tiendas llegó la hora de comer. Ania había quedado con Pedro, su mejor amigo y compañero de trabajo. A Pedro le gustaba más que lo llamaran Pet, decía que sonaba más *chic* y que para su profesión era más resultón.

♣

Pet y Ania tenían caracteres muy parecidos y concebían la vida de manera muy similar. Pasaban muchos momentos juntos, tanto es así que los habían llegado a confundir como pareja. Lo que muy pocos sabían era que Pet era gay. Él no se avergonzaba por serlo ni lo ocultaba, pero asumía que su condición sexual tampoco tenía que ser su carta de presentación. Tal y como él pensaba y decía abiertamente, mis compañeros no se me presentan diciendo "Hola, soy hetero". Por otro lado, no era nada amanerado y su voz era viril.

Su condición sexual no lo había marcado en la niñez. No supo nunca muy bien si fue por la inocencia de los niños, por la falta de prejuicios que se tiene todavía a esas edades o simplemente porque no se le notaba y él tampoco era consciente de que lo era, pero jamás se comparó con ninguno de sus amigos ni con sus gustos ni se sintió diferente en ese sentido.

Sin embargo, durante la adolescencia sí que sufrió y se vio desplazado por el hecho de ser homosexual y por no tener problema alguno en admitirlo en sus círculos más allegados. "Yo soy lo que soy y así me muestro sin avergonzarme". Siempre lo tuvo muy claro y así lo hizo.

Empezó a ser consciente de su condición sexual justo en el momento en que comienzan a aflorar las hormonas y se sienten por primera vez las mariposas que te recorren el cuerpo al ver a la persona que te gusta. Él experimentó esa sensación también, pero no con las chicas, sino con los chicos.

El rechazo no vino únicamente por parte de algunos amigos, sino también de su propia familia. Los más duros fueron su tío y su primo maternos. De mentalidad profundamente conservadora, veían la homosexualidad como una enfermedad y no como una condición elegida. No podían comprender de ninguna de las maneras que un hombre se enamorara de otro hombre, que lo besara y que entre ellos mantuvieran relaciones sexuales. Lo mismo pensaban de las mujeres lesbianas.

A Pet nunca le importó ese tipo de reacciones de la sociedad, ni siquiera cuando venía de sus amigos, prefería estar rodeado de gente sincera que lo aceptara como era. Pero con el tema familiar sí que sufría. El problema no era que su tío lo desaprobara, el problema era cómo se sentía su madre por tal desaprobación. Ella tenía ese único hermano y lo perdió cuando supo que su sobrino era homosexual. En su opinión, no habían sabido criarlo como un hombre y por eso el niño se había desviado. Veía un fracaso en la crianza por parte su hermana y su cuñado y, aunque a Pet lo que su tío pensara le daba igual, lo sentía por su madre. Era consciente de que ella sufría por la decisión de su hermano y por el trato que recibía su hijo de su parte.

En cualquier caso, Pet siempre tuvo una personalidad fuerte y muy segura. Ante esas situaciones tenía claro que el que no lo aceptaran tal y como era tenía que ver con aspectos ajenos a él, a lo que valía. Él era consciente que era una persona importante para sí mismo y para otras personas que eran capaces de ver más allá de los prejuicios. Por eso, aunque respetaba las opiniones de los demás sobre sí mismo, jamás se dejó afectar por ellas.

♣

Cuando Andrea supo que venía Pet, emborrachada de tanta risa, pensó que sería divertido quedarse a comer con ellos.

El día pasó en un suspiro, hacía tanto tiempo que no se reía de esa manera…, tanto tiempo que ni se acordaba. Le dolían la mandíbula y los mofletes, y los ojos los tenía empañados de lágrimas de felicidad.

Pet era una persona con mucha chispa, siempre alegraba a todo el que tenía cerca y, Ania, un espíritu dicharachero y alocado. Cada vez que se juntaban, el tiempo pasaba volando.

Después de comer, decidieron ir a casa de Ania para enseñarle a Pet todas sus compras, probárselas y combinarlas con cosas que ya tenía Ania en casa para que él les diera su opinión. Pero la tarde terminó con Pet de maniquí probándose aquellos vestidos, blusas y demás complementos, y paseando a modo de modelo por el salón de Ania como si fuera una gran pasarela.

CAPÍTULO 4:

ENCUENTROS

A la semana siguiente, Pet decidió dar una fiesta en una sala privada. Se trataba de una fiesta informal, pero también de una pequeña carta de presentación de su nueva colección de la temporada otoño-invierno, por lo que, además de amigos, también asistirían algunos de sus mejores clientes, de trato familiar, y algunos contactos de diferentes firmas de marketing y publicidad. Sebas sería uno de los invitados.

♣

Sebas y Andrea se habían conocido en una de esas fiestas a las que a veces la invitaba Ania.

Sebas, Sebastián era su nombre completo, se dedicaba al marketing y la publicidad y Ania lo consideraba el típico bonachón de aspecto aburrido, además de su amigo. Alguien en quien confiaba y que tanto le había ayudado.

Era educado, y sí que era verdad que a pesar de asistir a fiestas de moda no seguía las últimas tendencias. No era nada atrevido con la ropa, siempre vestía de manera formal y con colores neutros. Tal como Ania decía, medio en broma medio en serio, "era un hombre hecho para Andrea".

Su fachada era la de un persona fría. Daba la imagen de ser calculador y algo distante, pero solo se trataba de una impresión que se debía a su carácter introvertido y reservado.

Había estado casado, pero el matrimonio se había roto hacía algo más de tres años a causa de las diferentes prioridades de cada uno. Ella le daba mucha importancia a todo lo material, a lo perecedero. Era una mujer inconformista y de aspiraciones elevadas. Él, a pesar del éxito en su trabajo, disfrutaba del silencio, de la soledad, de la luz del sol y era feliz simplemente por tenerlos. Para Sebas su trabajo era solo un aspecto más de su vida.

Era un hombre paciente, calmado, que destacaba por su sabiduría interior. Sabía esperar. Recogía y disfrutaba lo que la vida le regalaba en cada momento. Solía decir que uno nunca sabe cuál será la siguiente sorpresa. Jamás forzaba una situación para obtener nada, ni en su beneficio ni en el de nadie, estaba seguro de que todo tenía su lugar y su tiempo. Sus ideas estaban claras y no era manipulable ni se dejaba arrastrar por nada ni por nadie.

Cuando Andrea empezó a acudir a las primeras fiestas, solía sentirse perdida y fuera de lugar. Ania lo sabía y por eso trataba siempre de que estuviera a su lado para presentarle a los invitados y cuchichearle sobre ellos. Nunca nada hiriente, eso sí, solo cosas banales como lo mal que les sentaba alguna prenda o lo mucho que se habían estropeado con el paso del tiempo.

La noche en la que se conocieron Andrea y Sebas fue una noche diferente para ambos. Los dos congeniaron y se sintieron por primera vez integrados en ese tipo de eventos que muchas veces había rallado la estridencia para ellos.

Estuvieron charlando durante horas. Andrea se sintió cómoda y relajada desde el principio y vio en él a un hombre educado y respetuoso con el que poder conversar y tratar temas de interés común.

Sebas se sintió igual de cómodo esa noche, aunque para él Andrea no fue solo alguien más con quien charlar un rato. En su caso hubo también una cierta atracción hacia ella, atracción que trató de disimular sin saber muy bien por qué, bien por vergüenza o por timidez. Nunca había sido un hombre muy lanzado. De todas formas, esa había sido la primera fiesta a la que asistía Andrea después de que Matías desapareciera de su vida, así que ella tampoco se mostró muy receptiva.

Después de esa primera vez, hubo más y no solo en ese tipo de fiestas. Ambos encontraron en esos lugares un compañero con quien refugiarse o, quizá, una excusa para poder verse. También coincidían en ocasiones en casa de Ania, ya que Sebas solía echarle una mano con la publicidad de sus eventos y colecciones. A él nunca le importó ayudar de manera desinteresada a quien se lo pedía.

En una de esas reuniones en casa de Ania, Sebas se ofreció a llevar a Andrea a casa. Ya era tarde y ella había ido en autobús.

Durante el trayecto hablaron de Ania y de esa virtud suya de iluminar el mundo, pero, cuando llegaron a la calle donde vivía Andrea, Sebas cortó la conversación y le dijo:

—Hace ya algún tiempo que nos conocemos y coincidimos en las fiestas y en casa de Ania, pero podríamos vernos algún día los dos solos para tomar algo y charlar. No sé..., conocernos un poco más, sin ruidos y sin más gente a nuestro alrededor.

Andrea se sintió desbordada y se puso nerviosa, no esperaba la propuesta de Sebas. No estaba preparada aún para comenzar una relación de ningún tipo con un hombre.

—Eso de momento va a ser imposible —cortó Andrea saliendo del coche casi sin despedirse. Parecía una adolescente a la que le asustaba la idea de salir sola en su primera cita, una niña que no sabía cómo reaccionar ante una propuesta como la que acababan de hacerle.

Cerró la puerta del coche sin mirar atrás y Sebas se quedó allí unos minutos con la mirada perdida en los pasos de Andrea.

Al día siguiente, Ania, que había notado el interés de Sebas por su amiga, estaba ansiosa por llamarla y por saber qué había ocurrido. Estuvo esperando a que Andrea saliera del trabajo para contactar con ella y preguntarle.

Durante la charla, Andrea le contó a su amiga lo que sucedió. Ania comenzó a reírse, estaba feliz por su amiga y no podía parar de demostrarlo con risas y comentarios de niña quinceañera.

—¡Oh!, ¡eso es fantástico!, ¿a ti que te parece?, ¿te gusta Sebas?, porque Sebas te gusta, ¿verdad? —seguía con las risas-. ¡Cuánto me alegro! Lo veo tan parecido a ti y, aunque me cueste reconocerlo, es tan atractivo, ¡qué alegría me das!

Ania estaba tan entusiasmada que no paraba de hablar y, por fin, lanzó la pregunta definitiva.

—¿Y qué le has dicho?

—Le he dicho que no. Que en este momento va a ser imposible —contestó Andrea con voz plana y sin emoción.

A Ania se le terminaron las palabras, se mantuvo en silencio durante unos segundos que se hicieron larguísimos. Luego, con gran decepción y sorpresa, le preguntó:

—Pero ¿por qué?

Andrea se sentía confusa, no sabía qué contestar

ni cómo actuar, tan solo quería huir.

—Otra vez Matías, ¿verdad? —se contestó Ania—. Tienes que dejar eso atrás. Date otra oportunidad, no solo una, todas las que te hagan falta para ser feliz. Deja de culparte por algo que sucedió hace tanto tiempo y que tú no provocaste.

Andrea entendía a su amiga, pero, al mismo tiempo, estaba tan inmersa en su propio dolor que no podía comprenderla del todo y sentirse fuerte para hacer lo que ella le aconsejaba.

♣

Ania invitó a Andrea a la fiesta de Pet y, aunque no se lo dijo, ella sabía que él lo daría por hecho y que no le molestaría y, en realidad, así era. Pet sabía que las dos tenían una relación muy especial y nunca le incomodó que Ania tomara ese tipo de decisiones.

Hacía ya más de un año que Sebas y Andrea se habían conocido en aquella fiesta y las cosas habían cambiado mucho desde entonces.

Durante un par de meses, Sebas marcó un poco la distancia cuando se encontraba con Andrea. Decidió que era lo mejor, ella necesitaba tiempo para reordenar sus ideas y él no quería colocarla en una situación incómoda. Ella, al principio, ni siquiera hubiera sabido decir si se sentía molesta, asustada o atropellada por aquellas palabras de Sebas, pero, poco a poco, esos sentimientos fueron desapareciendo y, sin darse cuenta, ambos recuperaron aquella relación de complicidad que los había unido.

Ania estaba feliz, le pidió a Andrea que llegara a su casa dos horas antes de que comenzara la fiesta para empezar a probarse ropa y zapatos, para idear el maquillaje y ultimar detalles. En este tipo de eventos Andrea se convertía en una muñequita para Ania, que se divertía buscándole ropa, maquillaje y probando peinados con ella.

Finalmente, Ania decidió ponerse un vestido corto, ajustado a la cintura, con estampado *print* y tacón de aguja en tono plata. Se ahumó los ojos y se alborotó el pelo. A su amiga le prestó un vestido azul eléctrico muy brillante, corto, con escote asimétrico, falda estrecha y cuerpo con volumen, y también unas sandalias negras cogidas al tobillo y con un par de plumas en la parte de atrás. Además, le recogió el pelo con una cola de caballo muy tirante.

El local donde tendría lugar la celebración era una gran sala con luces de neón de colores bordeando el techo y una decoración bastante minimalista. Las paredes estaban pintadas de blanco y, agrupados de dos en dos, uno enfrente de otro, se disponían grandes sofás individuales de cuero de idéntico color, sin reposabrazos excesivamente amplios y con el asiento bajo. Los separaba una mesa baja de cristal con una pata ancha de acero. Justo en medio de la sala había quedado un espacio libre en forma de L que haría de pasarela para el desfile.

Había, además, una zona algo retirada en una esquina a distinto nivel que hacía de zona privada. Allí las luces eran tenues y la música no sonaba tan fuerte. Era bastante más cómoda. Disponía de un sofá rinconera con una mesa rectangular y un par de sofás más de dos plazas bastante mullidos, todos ellos forrados en terciopelo rojo.

Cuando llegaron a la fiesta, entre saludo y saludo, vieron a Sebas en la distancia. Iba vestido con un pantalón camel tipo chino algo ajustado y un polo blanco que se le ceñía a los brazos y al pecho. Tenía el pelo rizado peinado hacia un lado y muy engominado, con unas ondas perfectas. Con su torso ancho y musculoso, parecía el típico galán clásico salido de una película de los años cincuenta.

Sebas también había visto a Ania llegar con Andrea, y se le iluminó la cara. Ya no hacía grandes esfuerzos por disimular que le gustaba su compañía. Se acercó para saludarlas y Ania, tan efusiva como de costumbre, en cuanto lo vio, comenzó a dar pequeños saltitos y levantó un poco la mano saludándolo.

—Hola, Sebas, ¡qué alegría verte siempre!

—Hola —respondió él dándole dos besos—, ya sabéis que podéis contar conmigo Pet y tú siempre que lo necesitéis. Yo estoy encantado de venir y poder ayudaros—. "Y ya de paso coincidir con Andrea", pensó.

Luego, se volvió hacia Andrea que lo miraba sonriente. Se había quedado en segundo plano, un paso por detrás de Ania. Él la saludó de una manera más cariñosa:

—¡Hola, Andrea! —y le dio dos besos poniéndole la mano derecha sobre la cintura.

Andrea le devolvió el saludo. Se sentía mucho más cómoda con Sebas después de terminar con el distanciamiento que habían tenido y, aunque jamás lo hubiera reconocido de manera abierta, ni siquiera a su amiga Ania, era evidente que cada vez disfrutaba más encontrándoselo en esas fiestas.

Ania, mientras tanto, miraba a su alrededor en busca de más caras conocidas. Pronto, mezclado entre todos los invitados, se cruzó en su campo de visión el chico del que le había hablado a Andrea en una ocasión. No se lo pensó dos veces y reaccionó dando pequeños saltitos de alegría, cogió a su amiga del brazo y se la llevó.

—Andrea, ven conmigo que quiero presentarte a alguien —le dijo mientras se la llevaba sin explicarle a dónde.

Todos los que conocían a Ania sabían que era así, que tenía esos prontos y que la mayor parte de las veces actuaba sin pensar en lo que hacía, dejándose llevar por los impulsos del momento. Así que, a pesar de separar a Sebas de Andrea de esa forma tan brusca, ninguno de los dos se molestó. De hecho, mientras Ania se dirigía como una flecha hacia Víctor, Andrea y Sebas se miraron con complicidad.

Y, cuando Sebas quedó perdido entre la gente, Andrea se animó a preguntar:

—Pero ¿adónde me llevas?

—¿Te acuerdas del chico del que te hablé y que quería presentarte? —le dijo Ania.

—Sí, algo recuerdo, pero de eso ya hace mucho tiempo.

—Pues acabo de verlo. ¡Está aquí!

Ania lo había conocido en un desfile en el que participaban varios amigos suyos. Víctor había acudido para ver las tendencias de la temporada y apoyar a uno de los diseñadores, que era amigo suyo.

Él le había gustado desde el primer momento, pero por causas que ni ella misma comprendía, no llegó a pedirle el teléfono. Nunca se había mostrado tímida en temas de hombres, cuando uno le gustaba, no se andaba con rodeos a la hora de abordarlo.

Emocionada, Ania llevó a su amiga cogida del brazo por toda aquella sala, esquivando invitados hasta llegar al sitio donde se encontraba Víctor.

Entonces, Ania, que no se cortaba, se colocó a su lado y lo saludó efusivamente.

—¡Hola, Víctor! Soy Ania, ¿te acuerdas de mí? Nos conocimos en el último desfile de la temporada.

—¡Hola! —saludó Víctor muy sonriente—, claro que me acuerdo de ti.

Lo cierto es que era casi imposible olvidar a Ania con su personalidad arrolladora y su forma de llamar la atención allí donde iba.

—Esta es mi amiga Andrea —le dijo presentándole a Andrea.

Los dos se saludaron y se dieron dos besos y, a continuación, Víctor quiso presentarle al grupo de amigos que se encontraban allí con él.

—Ven, que te voy a presentar a la gente con la que he venido. Estos son mis amigos, Antonio y Carlos, y él es mi pareja, Juanjo.

Andrea se quedó de piedra y palideció de pronto, abriendo los ojos de manera sobrenatural. No sabía qué hacer ni cómo reaccionar. Pensaba en Ania y en cómo le habría sentado la noticia. El chico que tanto le había gustado en la última fiesta y que estaba deseando presentarle ¡tenía pareja y era otro chico! ¡Era gay! No se lo esperaba e imaginaba que su amiga tampoco.

Pero Ania siguió como si nada y saludó a los

dos amigos y a la pareja de Víctor con una risilla nerviosa de la que nadie se percató.

Cuando terminaron, le dijo a Víctor:

—Me ha encantado verte en la fiesta, espero que os guste y que disfrutéis del ambiente y del cóctel. Seguro que volveremos a coincidir.

—Seguro que sí, yo suelo venir siempre que puedo a los desfiles y presentaciones. Me gusta mucho ver las nuevas creaciones —sonrió Víctor.

—Voy a ver si a Pet le hace falta algo de ayuda. Ahora nos vemos —le dijo Ania.

—De acuerdo.

Se llevó a Andrea de nuevo. Ella no sabía qué decirle y, cuando ya se habían alejado lo suficiente, Ania paró en seco y se dio la vuelta para mirar a su amiga.

—¡Andrea, Víctor es gay! —susurró con cara de sorpresa y los ojos bien abiertos. Entonces, comenzó a reírse como si fuera la cosa más graciosa que le hubiera pasado nunca.

Andrea estaba asombrada con la reacción de su amiga. No se la esperaba. No creía lo que veía. Ania no estaba ni molesta, ni decepcionada. Se había tomado toda aquella situación como algo de lo que reírse. Se burló de ella misma por no haberse dado cuenta de que Víctor era gay.

Pronto, Andrea comenzó a contagiarse de las carcajadas de su amiga. Al mismo tiempo, supo que nunca dejaría de sorprenderse de Ania y de su actitud ante la vida.

En ningún momento, las risas de Ania constituían una burla hacia la condición sexual de Víctor. Hubiera sido una hipócrita, siendo Pet gay y uno de sus mejores amigos. De lo que se reía era de la situación y de ella misma. No entendía cómo no se había dado cuenta de que a Víctor le interesaban los hombres. Le parecía una situación tan surrealista y cómica, que no podía más que reír a carcajadas.

♣

Ania nunca veía problemas ni adversidades, tan solo anécdotas y situaciones graciosas de las que reírse. Andrea en muchas ocasiones la admiraba por eso, por tener esa forma de afrontar la vida. Siempre alegre, siempre con una sonrisa para sí misma y para los demás.

Todo eso a pesar de que nunca había tenido mucha suerte en el amor o, más que en el amor, con los hombres que se habían cruzado en su vida. Y no porque ellos la rechazaran, sino más bien porque ella, por diversas circunstancias, se veía obligada a abandonarlos.

Aunque muchos pensaban precisamente eso, que no tenía suerte en este aspecto de su vida, Ania simplemente se veía como una persona con muchas vivencias y una vida llena de historias que contar y disfrutar. Todas esas experiencias la hacían sentirse viva y eso era lo único que le importaba.

Había estado saliendo con un empresario ruso cuyo principal negocio era la estafa. Durante una de sus cenas románticas, la convenció para hacer un viaje a

Tailandia y, cuando ya estaba decidida, le explicó que su empresa estaba en ese momento de auditoría y no podría sacar dinero para los billetes, pero que tenían que aprovechar esos precios y que, si ella los pagaba, en unos días le devolvería el dinero. Cuando Ania sacó los billetes y se los dio, él desapareció sin dejar rastro. "¿Habría sido por algún motivo en concreto? ¿Sería casualidad o coincidencia aquella desaparición? Igual le surgió algo que nunca pudo contarme", se decía ella. Aunque tampoco le dio más importancia y siguió su camino sin más.

Otra de sus conquistas resultó ser un hombre casado que mantenía una aventura desde hacía años con una chica boliviana que no se enteraba de nada. Durante meses intentó que Ania fuera su tercera conquista. En esta ocasión, primero pensó que compartir estaba bien, luego que solo en algunas ocasiones, un poco después que igual no tanto y, finalmente, que habiendo tantos hombres mejor no.

A otros los dejó porque, decía, los quería como hermanos. Y, claro, "con un hermano, pues… no haces ciertas cosas" —pensaba para sí.

A pesar de su fachada alocada y desvergonzada, Ania tenía la certeza de que había dos cosas que no quería para ella. Una era problemas, por eso escogía siempre la opción más sencilla, la que la hacía más feliz, porque, en su opinión, esa siempre era la adecuada. Y la otra, pelos en la lengua. Decía que no servían para nada, solo para tragar cosas que no necesitas y luego te pueden pesar. Por eso, su situación con los hombres no le afectaba para nada. Solía decir "El mar está lleno de peces y este no es para mí, seguro que el próximo será mejor"

Y siempre con su eterna sonrisa.

Por otra parte, nunca le faltaron hombres, todos muy variopintos. No tenía un prototipo fijo, siempre y cuando se sintiera atraída físicamente por ellos y fueran atrevidos y divertidos. Ella solo quería a alguien con quien sentirse bien y que, como ella, supiera disfrutar de la vida.

De todas formas, ella estaba bien sola. Era

feliz. Nunca buscó un hombre para que la complementara, ya se sentía completa, pero tampoco huía de un compañero que la acompañara y a quien acompañar.

♣

Ania y Andrea seguían riéndose mientras Ania no paraba de comentar lo que le había sucedido. Sebas había estado charlando de negocios con Pet y uno de sus socios, concretamente sobre cómo debían llevar esa campaña. Ya lo tenían casi todo estudiado y Pet se fue a preparar los últimos detalles antes del desfile, así que Sebas se quedó solo de nuevo y comenzó a buscar con la mirada a Andrea entre la gente. Y allí estaba, riéndose a pleno pulmón con Ania. Entonces, decidió acercarse.

—Ya veo que la fiesta está siendo de lo más divertida para vosotras —dijo con voz curiosa y cara risueña.

—Ni te lo imaginas —le contestó Ania con los ojos enrojecidos y lagrimosos de tanto reír—. Yo me voy a ayudar a Pet, pero quédate con Andrea y que te cuente, ¡verás que gracioso!

Ania nunca ocultaba ni se avergonzaba de nada, por eso no dudó en dejarlos a los dos solos con ese tema de conversación.

Andrea, que era mucho más prudente que su amiga, decidió que sería mejor ir hacia el reservado ubicado cerca de la pasarela para poder contarle lo sucedido con menos ruido y sin necesidad de gritar.

Después de relatarle el episodio, los dos estuvieron riéndose un buen rato. Las risas les sirvieron para relajarse de los meses de tensión que había habido entre ellos y los animó a seguir contándose anécdotas y a hablar de muchas cosas sin sentirse cortados, reconciliándose y volviéndose a acercar con total naturalidad.

Cuando terminó de ayudar a Pet, Ania encontró a su amiga en el reservado hablando y riendo con Sebas. Decidió dejarlos solos mientras daba una vuelta para seguir conociendo gente.

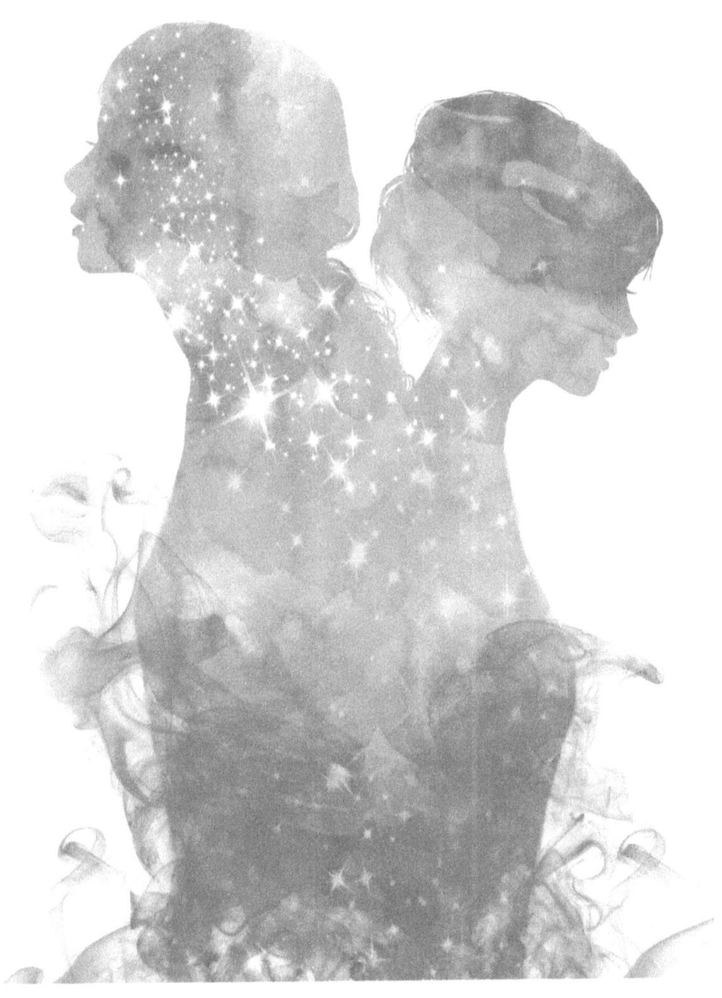

CAPÍTULO 5:

SU HISTORIA.

Desde la primera salida para tomar café después de aquel momento en el hospital, forzado por Matías y "fortuito" para Andrea, ambos comenzaron una relación que en algo más de dos meses se convirtió en algo especial y que, poco a poco, se fue consolidando.

A los cuatro meses ya eran pareja.

Él era muy atento y cariñoso. A pesar de su fachada y su pillería, era un hombre noble. Siempre la ayudó y la escuchó en todo lo que pudo y se convirtió en su bastón de apoyo en los momentos difíciles.

Ella, al principio, era más seca, más distante, no sabía ni conocía otra forma de ser entre personas que se querían. Era lo que había visto durante años en casa y no podía ni sabía hacerlo de otra manera, aunque, con el transcurrir del tiempo, la paciencia y el cariño de Matías, fue cambiando, volviéndose más cariñosa, más receptiva y se abrió a los sentimientos.

A los ocho meses, comenzaron a convivir juntos en un pequeño estudio de una zona obrera. A ella le quedaba un año más para terminar el MIR y él no tenía un trabajo estable, solo colaboraciones esporádicas en el bufete familiar de un compañero de la carrera con quien había compartido el piso de estudiante y del que conservaba una relación de amistad. No se podían permitir nada más caro ni más grande.

Matías y Andrea vivían momentos felices, apoyándose en su día a día, disfrutando, simplemente, de que eran jóvenes, se querían, se acompañaban, y sintiéndose afortunados de lo que tenían. Algunas noches se quedaban asomados a su pequeña terraza, mirando al cielo mientras se ilusionaban con hacer planes de futuro lejano y no tan lejano. Era su forma de quererse, de decirse que estarían juntos para siempre y de soñar despiertos el mismo sueño.

La gran mayoría de sus amigos comunes eran principalmente de Matías. Él era mucho más sociable y extrovertido y enseguida se hacía con un buen puñado de compañía allí donde iba. Se trataba de algo innato en él, encontrarse rodeado de gente. Era raro el fin de semana que en casa no tenían algún invitado para cenar o incluso para dormir, ya que Matías conservaba aún amigos de cuando vivía en Córdoba.

Andrea tan solo tenía conocidos, gente con la que coincidía o había coincidido y que veía pasar por su vida, y a su amiga Ania, con la que seguía la misma relación de siempre, haciendo escapadas a Sevilla para verla o viceversa.

Andrea terminó el MIR, se especializó en pediatría oncológica y, al ser de las primeras de su promoción, no tardó en conseguir un puesto de trabajo en el Hospital Materno-infantil. Sin embargo, pronto se dio cuenta de que ella no podía estar tratando a niños con cáncer a diario. Se le partía el alma al ver a las familias sufriendo por sus hijos enfermos y al darse cuenta de que en ocasiones no podía hacer nada. Los tratamientos no siempre funcionaban.

Andrea se sentía orgullosa de haber conseguido su sueño, ser médico y poder ayudar a niños enfermos, se sentía útil y eso la alegraba, pero también sentía que, si sufría tanto, aún no había encontrado la manera exacta en la que debía ayudar.

Siempre supo que quería hacer algo bonito en su vida y en su trabajo. Quería implicarse en alguna buena causa y qué mejor que curar niños. Con lo que no contaba era con su sensibilidad y con lo dura que era la especialidad que había escogido.

Matías la veía y se apenaba con la situación. La consolaba y la animaba a seguir, pero en ocasiones dudaba sobre si estaría actuando bien. Andrea se involucraba demasiado y eso le afectaba.

Después de algo más de un año ejerciendo, uno

de sus profesores y ahora compañero en el hospital, consciente de lo que sufría Andrea, le propuso una alternativa: pasarse a la rama de investigación. Sabía que estaban buscando médicos en una empresa farmacéutica en su área de investigación y se ofreció a escribirle una carta de recomendación si ella se decidía a enviar su currículo.

—Puedes probar suerte —le dijo— para dar un cambio a tu vida que te haga sentir feliz en tu trabajo y te permita seguir ejerciendo aunque sea retirada de la consulta.

Estuvo pensándolo un par de días, le daba un poco de miedo un cambio como ese, pero la semana siguiente decidió hablarlo con Matías para conocer su opinión. También le dijo que si la elegían tendrían que trasladarse hasta Sevilla y comenzar allí una nueva vida.

Matías no lo dudó un solo segundo. La apoyó desde el primer momento. Él solo quería ver a Andrea feliz, totalmente feliz.

—Andrea, esto puede ser una gran oportunidad

para ti. Podrás seguir siendo médico y dedicarte a lo que te gusta sin tener que tratar a esos niños enfermos que te hacen sufrir.

—Lo sé, pero nos tendríamos que mudar, dejar esta casa, instalarnos allí…—hablaba preocupada, eran muchos cambios para ella y tenía miedo.

—De todas formas, no pensábamos quedarnos para siempre en esta casa y, bueno…, si te eligen, será un trabajo estable, así que no hay de qué preocuparse tanto.

Dos días más tarde, Andrea coincidió con su profesor en el Hospital Materno Infantil y él le preguntó:

—Andrea, ¿has pensado en lo que te comenté? ¿Has tomado ya alguna decisión?

—Sí, sí que lo he pensado y he decidido que voy a probar suerte. Voy a preparar mi currículo para enviarlo lo antes posible.

—Me alegro mucho por tu decisión —contestó

el profesor con una sonrisa y voz cariñosa.

Pero, en realidad, no se alegraba. Lo apenaba perderla como compañera. Sabía cómo trabajaba y la ilusión que le ponía a todo lo que hacía, lo había visto desde que era estudiante, pero era consciente de que sería más feliz si la elegían en el laboratorio.

—Pásate en unos días por mi despacho y te tendré la carta de recomendación preparada para que puedas recogerla y presentarla.

—De acuerdo —respondió ella muy ilusionada—. Muchas gracias.

El tiempo comenzó a pasar lentamente. Al principio esperaba con ilusión y ansia la respuesta a su carta, pero, conforme más alejado quedaba el recuerdo, más desilusionada se sentía. Decidió olvidarse del tema y seguir adelante con su trabajo en vista de que ya habrían escogido a alguien.

Matías intentaba ser positivo. Pasaba horas escuchándola y hablándole en la terraza de su piso.

—Andrea, cariño, tienes que pensar en positivo y pensar también en la suerte que has tenido de trabajar en lo que te gusta y en lo que has estudiado. ¿Sabes lo afortunada que eres? ¿Sabes cuánta gente no lo consigue? Los dos sabemos que no es el puesto que más te gusta, pero es tu primer trabajo y con el tiempo seguro que salen más oportunidades de cambio que te puedan interesar.

Y pensaba igual en su caso. Los dos trabajaban de lo que habían estudiado, ella con más fortuna, pero en algún tiempo él también comenzaría a ganar estabilidad y eso se traduciría en dinero.

—Sí, sé que tienes razón, pero nunca imaginé que se me podía hacer tan duro ver a esos niños y a sus familias sufriendo.

—Pero, Andrea —la cortó y continuó hablando —, piensa en los niños que curas, en las familias a las que haces felices y en lo bonito de tu profesión.

Ella bajó la cabeza, sabía que todo eso era cierto y que esa parte era muy satisfactoria para ella. Se acordaba de todos esos días felices en que los niños respondían a los tratamientos y ella llevaba un poco de felicidad a un hogar.

Cuando ya estaba segura de que no la habían elegido, la oferta decía "urge incorporación" y habían pasado casi cuatro meses desde que envió el currículo junto con la carta de su profesor, llegó, por fin, la ansiada respuesta al hospital. La secretaria de su profesor fue quien se la dio en mano. La habían seleccionado para trabajar en una marca farmacéutica, pero aún había más, la propuesta era para incorporarse como jefa de investigación.

Andrea no se lo podía creer, se sentía feliz y, al tiempo, nerviosa por la responsabilidad del puesto. Estaba deseando poder contárselo a Matías en persona, así que no lo llamó ni le envió ningún mensaje y, cuando llegó a casa, las palabras salieron al tiempo que cerraba la puerta tras de sí:

—¡Matías, tengo una noticia que darte!— gritó entusiasmada—, por fin me han contestado de Sevilla.

—¿Te han elegido, verdad?

—¡Sí! Pero no solo me han escogido para trabajar con ellos, sino que iré como jefa de investigación de un departamento.

—¡No me lo puedo creer! Eso es maravilloso —y se fundían en besos y abrazos, lágrimas de felicidad y risas—. ¿Te han dicho cuándo tienes que empezar?

—Sí, empiezo el mes que viene.

—Entonces tenemos todo este tiempo para buscar piso, hacer la mudanza e instalarnos allí.

Estaba feliz por ella, la habían nombrado jefa de investigación y vivirían en Sevilla, seguro que el cambio a la capital les traería más sorpresas y oportunidades.

—Pero no tenemos que hacerlo todo solos, ni tan rápido. Acuérdate de que Ania vive allí y nos puede ayudar a buscar algo. Seguro que nos puede aconsejar, lleva muchos años viviendo en Sevilla y nosotros no conocemos nada, no sabemos de precios ni dónde buscar ni qué elegir.

—Tienes razón. Mañana se lo contaremos, pero ahora vámonos a celebrarlo. ¿Dónde quieres ir?

—Pues… no lo he pensado. Estaba tan contenta que lo único que quería era llegar a casa y contártelo. Podemos hacer algo especial en casa y este fin de semana, más tranquilos, salir a comer a algún sitio que nos guste a los dos.

—Estupendo.

Por fin, Andrea se sentiría feliz ayudando a los niños a buscar una cura para sus enfermedades, sintiéndose útil, pero sin sufrir por el trato diario con ellos.

En cuestión de un mes, y con la colaboración de Ania, que les aconsejó y llamó a algunos de sus amigos para que los ayudaran en la búsqueda de piso, se instalaron en Sevilla, en un bonito apartamento de alquiler que nada tenía que ver con el estudio pequeño en el que vivían en Málaga.

Habían cambiado el sol y el mar. Habían cambiado ese olor a marismo que te impregna con cada ráfaga de aire y te engulle dentro de cada ola. Ese horizonte de azules que separa el cielo del mar y que a veces cuesta apreciar. El sonido de las olas rompiendo tan burbujeante como una copa de champán. Lo habían cambiado por el rocío fresco y volátil, por el olor a azahar que te envuelve en primavera como una sábana fresca en la que te meces y casi puedes flotar.

Ella se pasaba el día trabajando, tenía jornada continua, pero le apasionaba tanto lo que hacía que era rara la semana que no se quedaba una o dos horas de más.

Los primeros meses fue todo como vivir en un sueño, sobre todo para Andrea que estaba feliz con su trabajo y se sentía afortunada por tener a su lado a un hombre como Matías. Además, aunque para ella no era lo esencial, el dinero había dejado de ser un impedimento para vivir de una manera holgada.

Tan solo faltaba que Matías encontrase su lugar.

Pero, pasados cuatro meses desde su llegada a Sevilla, no había conseguido ningún trabajo como abogado. Pasaba muchas horas solo y comenzó a desesperarse.

Algunos días estaba irritado y otros se sentía decepcionado por no tener sus propios logros profesionales.

Ya no solo era cuestión de trabajo o dinero. Comenzó a no querer salir, se negaba a conocer a gente, se volvió más cerrado. Parecía que la nueva situación no le había traído todo lo que él esperaba.

A Andrea le apenaba la situación de Matías y verlo tan abatido. Cuando se sentía perdida y sin saber qué hacer, buscaba consejo en su amiga Ania. En una de sus visitas, Andrea aprovechó para desahogarse.

—Ania, Matías está diferente y muy triste. Creo que el cambio no le ha gustado o no sé….

—Tranquila, mi niña. Todavía lleváis poco tiempo aquí. Es pronto. Seguro que con algo más de tiempo se adapta.

—Seguro que sí…—dijo sin estar muy

convencida—, pero no tiene trabajo todavía y nada que hacer en todo el día.

—Pero eso es normal. Aunque estemos saliendo de la crisis, el trabajo no abunda ni aquí ni en ninguna parte. Además, él vino sin trabajo y en Málaga tampoco se puede decir que tuviera el contrato de su vida.

—Sí, sé que tienes razón, pero a veces no sé qué hacer —y agachó la cabeza de abatimiento. Sabía que a su amiga no le faltaba la razón. En Málaga solo colaboraba de manera esporádica en el bufete, pero no parecía que creciera el interés en él para darle más responsabilidad. Prácticamente era ella quien se encargaba del mantenimiento de los dos desde el principio.

—Deja que pase un poco más de tiempo. De todas formas, voy a hablar con algún contacto o amigo para ver si se puede hacer algo.

—Ojalá se pueda. Gracias —le contestó levantando la cabeza y sintiendo el agradecimiento de corazón.

—De todas formas, todavía es joven y seguro que llegarán muchas oportunidades y tendrá que rechazar algunas, ya verás.

Andrea seguía los consejos de su amiga. Mientras, el tiempo pasaba y Matías se desesperaba.

Continuó cambiando, cada vez era menos cariñoso con Andrea, se comportaba de manera más distante, las conversaciones eran menos fluidas entre los dos. Algunas noches, se tomaba una copa de alcohol, le daba igual que fuera *whisky*, ginebra o ron, siempre algo fuerte antes de irse a dormir. Decía que eso lo relajaba y lo ayudaba a conciliar el sueño mejor.

Andrea intentaba ayudarlo, hablarle, mostrarse comprensiva con él, pero la mayoría de las veces se encontraba con un hombre agrio, brusco, despechado y que intentaba hacerla sentir culpable de su sufrimiento y de su situación.

Una y otra vez, repetía frases como "si nos hubiéramos quedado en Málaga, nada de esto habría pasado", "si tú te hubieras conformado con tu trabajo, nunca nos habríamos tenido que ir" o "si no fueras tan caprichosa siempre, ahora estaríamos mejor.... "

Eran frases que pretendían hacerla sentir mal y culpable, porque los dos sabían que la realidad había sido bastante distinta.

La decisión de trasladarse de ciudad la habían tomado conjuntamente y, además, entonces él no tenía nada estable en su campo laboral ni en ningún otro. La realidad era que ahora no conseguía adaptarse a su nueva vida y no quería asumir que él también había formado parte de las decisiones que lo habían llevado hasta allí.

Sin embargo, su comportamiento conseguía hacerla sentir culpable y sumisa. Y su actitud no solo le afectó a ella. Al principio, muchos de sus amigos viajaban a Sevilla para verlo y apoyarlo, pero con el tiempo dejaron de hacerlo. No comprendían cómo Matías había podido cambiar tanto. No entendían qué pasaba por su cabeza para haber tomado esa actitud ante la vida. Tampoco se puede decir que lo abandonaran, el único que se había abandonado y rehusaba recibir ayuda era él mismo.

Ninguno de sus amigos se alejó por rencor ni por odio, pero sí por desistimiento, decidieron apartarse hasta que él estuviera más receptivo. Fueron muchos los que intentaron animarlo o apoyarlo, incluso acompañarlo en sus momentos de caída, pero él no solo no se dejaba ayudar sino que trataba a todo el mundo a patadas, sacando de su vida a cualquiera que se ofreciera a ayudarlo, convencido de que eso era lo que merecía por meterse en su vida y sentir lástima de él.

Hacía mucho ya que había acabado sus estudios y nadie le daba una oportunidad. No lo podía creer. No lo podía asumir. No lo quería aceptar.

Buscaba un culpable, alguien o algo fuera de su persona con que justificar su situación.

La imagen que le había devuelto siempre el espejo era la de un hombre joven, fuerte, resolutivo y con capacidades de despegar. Nunca se había sentido fracasado, nunca se había planteado tampoco si era afortunado. Pero siempre se había sentido feliz.

Sin embargo, cuando miraba a Andrea, lo que veía era a una mujer menuda, frágil, sin capacidad de afrontar su vida ni resolver algunas situaciones personales y, sin embargo, ahí estaba. Ahí estaban los dos, en una ciudad desconocida por las circunstancias o por ella, no lo tenía muy claro.

Ella tenía todo lo que él anhelaba y no sabía apreciarlo, no valoraba su éxito ni tenía grandes aspiraciones. Matías se maldecía y se victimizaba por no haber sido él el afortunado.

¿Cómo puede una misma historia dar tantas vueltas?

Una misma historia, dos personas. Dos personas diferentes. Dos formas de vivir la misma historia. Dos formas de adaptarse en diferentes circunstancias.

¿Quién tiene razón?, ¿qué visión es la acertada?, ¿quién vive equivocado?

Probablemente, la respuesta a estas preguntas sea "los dos". Cada uno tiene su propia razón y sus propias percepciones que son las que le hacen sentir de una forma u otra. Probablemente, ninguno quiso hacerse responsable de sus decisiones y se dejaron llevar por el camino que creyeron más fácil. O probablemente… o, probablemente, tantas cosas y ninguna, simplemente fueron elecciones tomadas en un momento dado.

CAPÍTULO 6:

PERDIDA

Andrea se encontraba perdida. No sabía cómo actuar y no sabía cómo disimular. Complacía a todos sin saber por qué y sin querer saber.

Se sentía estar sin estar. Tenía montones de preguntas en su cabeza. ¿Será este mi sitio? ¿Qué hago aquí? ¿Qué debo hacer? ¿Cómo debo actuar? ¿Cómo he llegado a este punto de mi vida? ¿Debería haberme quedado en Málaga?

Se había vuelto como una muñeca de trapo a disposición de cualquiera. No quería quedar mal con los demás, no quería defraudar a nadie y no quería dañar a nadie. Sin embargo, el peor mal era el que se hacía a ella misma. Se estaba dañando sin darse cuenta. Sufría sin saberlo y sin decirlo.

Una tarde en casa de Ania, estaba, pero sin estar, hablaba, pero sin decir nada. Nunca fue muy expresiva, pero no de esa manera.

—¿Qué te pasa? ¿Siguen los problemas con Matías? —se animó a preguntar Ania.

Andrea seguía absorbida en su mundo. No sabía qué contestar. "¿Decir una mentira y salir del paso? ¿Contar la verdad y que piense que lo hago mal o que la actitud de Matías ya no es para aguantarla? ¿Se inmiscuirá en mi vida? No sé qué quiero hacer ni qué le quiero decir. Tampoco que se sienta mal o perderla como amiga."

—Está todo como siempre. Estoy bien —contestó Andrea de manera fría y sin creérselo ni ella misma. Nada estaba bien.

—Y si está todo bien, ¿por qué tienes esa cara?

—Estoy cansada.

—¿Cansada? ¿Y te vienes aquí en lugar de ir a casa a descansar? —le dijo de manera irónica y sin creerla.

—Es que como ya habíamos quedado, pues…

—Tú sabrás —la cortó casi sin opción de dejarla continuar para excusarse.

Andrea no quería admitir lo que se intuía, lo que se dejaba ver. Estaba cerrada a hablar, a escuchar, a dejar que llegara cualquier tipo de ayuda. Tan solo quería vivirse como víctima de su desdicha en la vida.

Se sentía sola. No sentía a nadie. No sentía ya a Matías. No sentía a su familia. Sus padres eran meros conversadores por teléfono una vez en semana para preguntar si todo iba bien. En su trabajo solo tenía compañeros con los que no hablaba de intimidades ni compartía. Tampoco sabía cómo hacerlo y, quizá, no quería aprenderlo.

Una vez en casa, Matías le preguntó, casi le

exigió, que dónde había estado. Que por qué se había retrasado. Que él estaba solo y ella no había sido capaz de ir a casa.

Andrea no supo qué decir, solo se disculpaba. Aunque sí sabía por qué no había ido a casa. Era solo que no lo quería admitir. No quería afrontar la situación que tenía en casa a diario. No sabía afrontarla.

—He estado un rato en casa de Ania. Me llamó porque tenía que enseñarme unas cosas.

—Y a mí eso qué me importa— gruñó Matías de malos modos.

—No pensé que te sentaría así.

—¿Así cómo? —le dijo gritando.

No se atrevía a decirle que estaba cansada de la situación y de él. Prefería callar y asentir con la cabeza baja.

Matías, lleno de rabia contenida y otra tanta expresada, salió de casa dando un portazo.

Andrea ya sabía lo que tocaba. Horas de espera,

de miedos, de incertidumbre y de culpabilidad. Otra noche más a la espera de que Matías llegara. Otra noche u otro día. Nunca se sabía lo que podía tardar en volver. Ya lo había hecho en otras ocasiones y sí, siempre volvía, pero nunca sabía ni cuándo ni cómo.

Ella, en esos momentos de desaparición, sentía miedo de estar sola, miedo de no saber dónde estaba él, miedo por lo que le pudiera suceder. La culpa la ahogaba. La culpa de pensar que se había ido por ella. Y la imaginación volaba en peligros y desdichas que le pudieran ocurrir. Se sentía mal por su comportamiento. Porque le había vuelto a fallar y no sabía en qué.

Sus regresos siempre eran iguales. Una vuelta más, como si no hubiera pasado nada. Unos días de falsa tranquilidad en los que Andrea no quería hablar ni preguntar.

Matías volvía menos envenenado de no sabía muy bien qué. Porque, a veces, ni él era capaz de comprender lo que le pasaba. Por qué actuaba así. De dónde le venía la rabia. Por qué no era como antes. A veces no se reconocía y otras solo quería explotar con el mundo y sus ideas. Con sus expectativas que no llegaban.

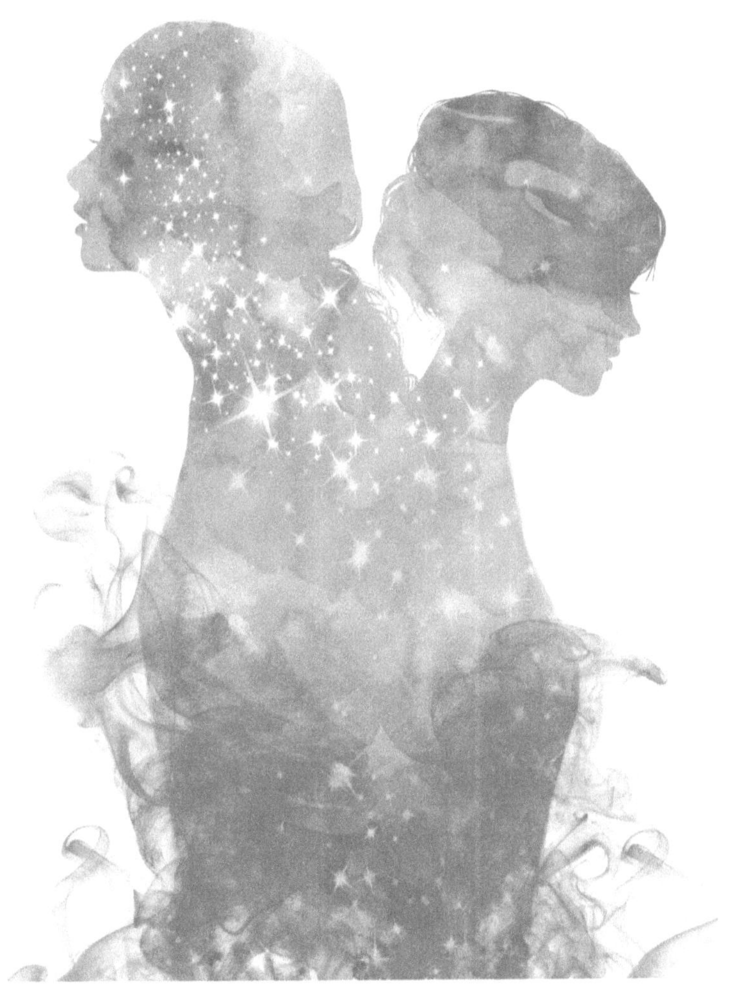

CAPÍTULO 7:

UN MAL FINAL.

Eran casi las dos de la madrugada y Matías llegaba a casa después de estar fuera casi dos días. Nadie sabía nada de él, dónde estaría o qué estaba haciendo, pero tampoco nadie estaba preocupado ya por esas actuaciones suyas, ya que sus desapariciones se habían convertido en algo tan habitual en los últimos meses que a nadie le sorprendían ni le preocupaban.

Casi todos sus amigos lo habían dejado de llamar y se habían apartado de su vida porque no lo reconocían. No comprendían cómo había podido cambiar tanto con él, con Andrea y con los demás.

Andrea ya no se pasaba las noches en vela esperándolo, aunque no le gustaba, lo tenía asumido. Esa noche estaba dormida en su habitación.

Matías abrió la puerta y entró al apartamento. Llegaba sucio, olía a sudor y alcohol y se podía apreciar que no se había afeitado en todo ese tiempo.

Tenía los ojos rojos, como si estuvieran cargados de ira.

Entró en casa y cerró la puerta. Dejó las llaves en el pequeño mueblecito de la entrada, que era más un cajón volado con un espejo encima que un mueble, y se quitó la chaqueta de cuero que casi tenía peor aspecto que él.

No encendió la luz, era noche de luna llena y Andrea siempre tenía las ventanas despejadas de cortinas y persianas, la luz natural que entraba de la calle era suficiente para poder ver sin necesidad de más.

Entró dentro de la habitación y vio a Andrea que dormía tranquila y relajada. Ya se había acostumbrado a pasar noches en soledad.

Con un movimiento seco y rápido apartó la sábana que la tapaba. Era verano y hacía calor, así que tan solo llevaba una camiseta vieja y unas bragas, pero como le gustaba dormir con las ventanas abiertas el rocío de la noche la hacía taparse con algo finito, una sábana. Matías se desabrochó el cinturón y los pantalones. Andrea se despertó con el aire frío que levantó la sábana al destaparla y lo vio de pie en su lado de la cama. Intentó incorporarse, pero Matías le dio una bofetada en la cara con tal fuerza que hizo que cayera de lado a la cama otra vez y que comenzara a sangrarle el labio. La cogió por los pelos y la puso boca abajo. Mientras ella lloraba, él la sujetaba con la mano izquierda por el cuello; con la otra le arrancó las bragas. De un rodillazo le separó las piernas con intención de desahogarse aunque fuera utilizándola. Ya ni él se reconocía ni sabía cómo parar para volver atrás. Andrea sintió un dolor inmenso mientras la penetraba. Se volvía a sentir utilizada e indignada por el trato que le daba Matías, aunque esta vez era diferente, la humillación la hizo sentirse tan rebajada que casi dejó de sentirse persona.

Sintió cómo se desgarraba su ser. No solo su cuerpo sino también su alma se hacía jirones. Se rompía en mil trozos.

Como ocurría con el resto de su vida, también llegó el momento en el que dejó de resistirse y dejó de sentir. Solo le quedaba llorar.

Llorar de impotencia. Llorar de humillación. Llorar de rabia. Llorar de indignación. Llorar, llorar… Eso fue lo único que le quedó y su único consuelo. No alcanzaba a comprender cómo ni por qué le sucedía aquello que ella no se merecía.

—No te quejes —le dijo Matías—, que tu obligación es consolarme y ahora te toca hacerlo, demasiado poco te pido para lo que me das.

Mientras, la montaba como un animal, apretando los dientes en cada embestida como si soltara toda la ira y rabia contenidas. Ella, sin poder moverse de miedo y de dolor, seguía sangrando y llorando desconsolada.

—Gime, que quiero escucharte —le dijo

Matías–, gime, que no te oigo y sé que esto es lo que más te gusta.

Cuando terminó, Matías se incorporó, se abrochó los pantalones y se fue al salón a servirse una copa de *whisky*.

Andrea lloraba en la habitación mientras trataba de levantarse para lavarse. Estaba dolorida, no solo su cuerpo sino, sobre todo, en lo más profundo de sí misma estaba dolida y rota. Jamás pensó que Matías podría llegar a comportarse así con ella. Las sábanas y ella estaban manchadas de sangre y de semen.

Llegó al baño para lavarse. Temblaba y lloraba sin parar. Sentía asco y miedo de todo. De su vida, de Matías, de ella misma. Estaba arrepentida por haber aceptado su trabajo en Sevilla hacía ya un año y medio. Aquel había sido el comienzo del final de ella y Matías. Se sentía perdida, sin saber qué hacer ni cómo actuar.

Matías se paseaba por el apartamento, en apariencia, más relajado. En uno de sus paseos llegó hasta el baño, donde aún estaba Andrea, se apoyó en la puerta con su vaso de alcohol y, con mirada prepotente, le preguntó:

—¿Qué te ha parecido?

A Andrea un rayo de odio le recorrió el cuerpo y, casi sin pensar, se dejó llevar por sus impulsos. Cogió el espejo de aumento que tenía enfrente y se lo tiró a la cara.

—¡Fuera!, ¡fuera de aquí! ¡Te odio! —le gritó con desesperación.

Salió del baño detrás de él hasta el salón, cogió el azuzador de la chimenea y empezó a golpearlo, algunas veces sin éxito. La oscuridad, sus nervios y que él conseguía esquivarla la mayor parte del tiempo, hacían que fueran más los golpes ciegos al aire que los que le llegaban a él.

—Eres una desagradecida. Parece que se te olvida todo lo que he hecho por ti y que si ahora estoy así es por tu culpa. Ya volveré cuando te hayas calmado.

Matías se fue y Andrea se quedó en medio del salón con el azuzador en las manos y llorando de impotencia, de desconsuelo, de rabia y de mil cosas más. Se sentía humillada, sucia y tan vulnerable que tan solo quería que alguien la envolviera en un abrazo protector.

Cuando le faltaron las fuerzas, se arrodilló, cayó al suelo y se quedó allí, encogida, asustada, temblando de miedo y desesperación y abrazada a sus rodillas entre lágrimas y sollozos.

Lo que no sabía entonces es que esa había sido la última vez que vería a Matías. Que esa noche fatídica para todos la dejaría marcada para siempre o hasta que ella decidiera hasta cuándo.

¿Cómo podía haber actuado Matías así? ¿Cómo había sido capaz de hacer algo tan ruin? ¿Era consciente o inconsciente de lo que hacía? ¿Qué había pasado por su mente para comportarse de ese modo con alguien a quien había querido tanto y tal vez aún quería?

Andrea se encontraba tan sola y desconsolada que sintió la necesidad de tener compañía, de ver a alguien conocido con quien poder hablar y llorar, de encontrar unos oídos que la escucharan, de recibir unas palabras de consuelo y confianza, y de un cobijo protector. Sobre las cinco y media de la madrugada, se decidió llamar a Ania.

—Andrea, ¿qué te pasa? Son más de las cinco y en un par de horas tengo que ir a trabajar —le dijo Ania nada más contestar el teléfono, un poco desconcertada y fastidiada al mismo tiempo por la hora. Le esperaba un largo día de trabajo.

Andrea no era capaz de hablar. Solo se escuchaban sus llantos desconsolados y algunas palabras que Ania no conseguía entender.

—¿Andrea, estás bien? —preguntó, esta vez de manera más comprensiva. El mensaje casi ininteligible de su amiga entre sollozos parecía desconsolador.

—Necesito que vengas a casa, por favor. No sé qué hacer —le respondió, con la voz entrecortada mientras continuaba llorando amargamente sin poder decir nada más.

A la media hora Ania estaba en casa con Andrea. Se encontró a su amiga hecha un mar de lágrimas. Cuando consiguió calmarse, Andrea le contó lo que había sucedido. Ella le aconsejó ir a un hospital y a la policía. Andrea tenía tanto miedo y tanta vergüenza que se negó. ¿Qué iban a pensar de una mujer como ella en esa situación? ¿Cómo iban a mirarla?¿Con pena? ¿Con lástima? ¿Con asco? ¿Con desaprobación por no haber sido capaz de parar una relación así? Si iba al hospital, ¿cuál podría ser el desenlace de todo aquello? ¿Tendría que denunciar a Matías? ¿Se enterarían en su trabajo de lo ocurrido? Las dudas la abordaron y la inseguridad se apoderó de ella. En ese momento solo quería llorar y tener una mano amiga que la escuchara.

Ania llamó a su trabajo y dijo que no podría ir, que había estado toda la noche con fiebre. Andrea hizo lo mismo. Se quedaron abrazadas las dos durante horas.

Pero las desgracias no habían terminado. Todavía faltaba una última noticia. Una última y terrible noticia que llegó a las 12 del mediodía.

Andrea ya estaba más calmada, había dormido un par de horas y Ania no la dejó sola ni un solo momento, esperando a que se tranquilizara y recapacitara para llevarla a que la explorasen y poder denunciar lo sucedido. Pero esa decisión nunca se llegó a tomar.

Llegando el mediodía, Andrea recibió una llamada. Era del hospital, Matías había tenido un accidente de tráfico. Iba en la moto y se había saltado un *stop*. Al camión que venía en dirección a él no le dio tiempo a reaccionar y colisionaron. Matías murió en el acto.

Andrea quedó impactada por la noticia. Se culpó de lo sucedido, como siempre, como la había acostumbrado Matías en ese último año y medio. Para ella resultaba imposible darse cuenta de que las cosas, simplemente, suceden mientras vas viviendo y que cada uno es responsable de sus actos.

Durante los días siguientes, Andrea encontró apoyo en su amiga Ania. En realidad, ella fue la única persona a la que le contó lo ocurrido.

Después de la muerte inesperada de Matías, no fue capaz de hablar con nadie de lo sucedido. Ni siquiera se le pasó por la cabeza denunciar, contar o siquiera insinuar que las cosas no iban bien entre ellos.

¿De qué serviría hablar ahora?, ¿para qué manchar el recuerdo?, ¿por qué nublar a sus amigos los buenos momentos vividos ahora que él ya no estaba?, ¿de qué serviría imprimir más dolor a sus padres? Aunque en ocasiones se sentía incomprendida y tan solo podía pensar en "si ellos supieran lo que me sucedió… me comprendería… se pondrían en mi lugar… sabrían por lo que estoy pasando…" y mil formas más de seguir en su zona de víctima sin querer salir de ahí. La decisión estaba tomada. Guardaría silencio. Tanto silencio que se incluyó en el silencio. Y jamás volvió a hablar de lo ocurrido. Tampoco con Ania.

Y Ania, como de costumbre, fue su apoyo

incondicional. Decidió no forzarla a tomar ninguna decisión. Era difícil saber qué decidir. Quizás Andrea lo único que quería era borrar esa noche. Nunca pudo imaginar que, en lugar de eso, reviviría cada instante en su relación con Matías y que su muerte estaría siempre presente.

CAPÍTULO 8:

GRITAR.

Dos días después del entierro y como cada fin de semana, los padres de Andrea la llamaron con una puntualidad casi inglesa. Se trataba de la habitual llamada por cortesía, carente de emoción, en la que no solían hablar de nada.

Andrea, un poco por despiste intencionado, pero sobre todo por falta de confianza, no les había contado nada a sus padres sobre los problemas de su relación con Matías. Tampoco los había llamado para decirles que había muerto.

Cuando vio el número de teléfono de casa de

sus padres parpadeando en la pantalla del fijo, no supo qué hacer. No quería hablar ni dar explicaciones. Nunca había dicho en casa nada, ni contado nada. A pesar de ser sus padres, para ella eran como sombras. Voces que sonaban una vez en semana para hablar de trivialidades y volver a despedirse hasta la semana siguiente.

Ania, que estaba allí y vio la reacción de Andrea, intervino:

—Andrea, un día tendrás que hacer frente a las cosas y decírselo, como mínimo deben enterarse de que ha muerto. No puedes vivir aquí encerrada y huir del mundo.

Ania sabía perfectamente que la relación de su amiga con su familia no era nada especial, pero también sabía que Andrea no podía encerrarse de por vida en ella misma sin querer volver a sentir y vivir. Andrea debía vaciarse de todo lo sucedido y empezar de nuevo. Debía hablar y llorar hasta soltar todos sus odios y sus miedos, esos que la tenían paralizada. Debía sanar y volver a sumar en la vida en vez de restar.

Dos horas más tarde, Andrea tomó la decisión de llamar a casa. Le costó mucho decidirse y aun así no lo hizo del todo segura. Temblaba mientras marcaba el número de teléfono. Iba a ser la primera vez que les contaría a sus padres una noticia relevante y no sabía ni qué contar ni cómo hacerlo. No se sentía segura ni con la confianza necesaria para abrirse con ellos.

Al segundo tono, su madre descolgó el teléfono.

—Hola, Andrea. ¿Qué tal la semana?

Andrea estuvo en silencio unos segundos larguísimos sin saber cómo contestar a la pregunta.

La boca se le había secado, la cara se le había paralizado y las manos seguían temblándole.

—Matías ha muerto. Lo enterramos el jueves —le dijo casi con un hilo de voz y sin ningún tipo de emoción, pero por fin se relajó algo, la noticia ya estaba dada.

La madre de Andrea no supo qué decir en ese momento. Ella tampoco sabía cómo reaccionar ante las adversidades de sus hijos, puesto que nunca había sabido de ninguna. No sabía siquiera si preguntarle qué había sucedido ni cuál fue la causa de la muerte. Estaba casi tan paralizada como su propia hija, no tanto por el hecho en sí como por la situación.

—No te preocupes por nada y llámanos si lo necesitas. Te paso con tu padre por si quieres hablar con él —se deshizo del teléfono más por miedo a cómo actuar que por otra cosa.

Ania, que estaba cerca y escuchaba algo a través del teléfono, se quedó sorprendida de la reacción de la madre. Ahora podía entender mejor las necesidades no cubiertas de su amiga. La imposibilidad de congeniar y de relacionarse con los demás, la falta de comprensión y de cariño, y supo que necesitaría todo el apoyo del mundo. Estaba segura de que jamás lo pediría, pero eso no importaba, ya se encargaría ella de dárselo siempre que pudiera.

El padre de Andrea, al enterarse de la noticia, reaccionó un poco más como era de esperar.

—¿Qué ha pasado hija? ¿Es verdad que ha muerto Matías?

—Sí —respondió de manera seca.

—¿Pero cómo ha sido? ¿Estaba enfermo? ¿Y tú cómo estás?

—Ha sido un accidente con la moto. Yo ya estoy mejor.

—Hija, si necesitas que vayamos o hablar algo más a menudo, puedes decírnoslo.

—Gracias, papá.

—No te preocupes de nada y no pienses demasiado.

—Gracias. Ahora me voy a echar un rato, que quiero descansar.

—Lo entiendo, hija. Hasta luego —le contestó emocionado y con tristeza. Estaba desconcertado y sorprendido por la noticia. Por primera vez, se dio cuenta de la distancia que existía entre ellos, no la física sino la emocional.

—Adiós.

Colgó el teléfono y se sintió aliviada. Ya había soltado la noticia. Ya todo volvería a la normalidad. Las llamadas seguirían siendo las de siempre, por lo menos por su parte, una vez por semana, frías, distantes y sin trasfondo, tan solo algo rutinario sin emoción. Casi por compromiso, sin sinceridad. Así lo esperaba también por parte de ellos.

Andrea durante esos días fue más un fantasma que una persona. No hacía más que reconstruir su historia e intentar buscar el punto donde las cosas comenzaron a ir mal. El punto donde ella se equivocó. El momento en que hizo algo mal para que Matías cambiara tanto con ella.

Tenía que aceptar que las cosas simplemente habían surgido así. Sin culpas. Esa culpa a la que tanto la había acostumbrado Matías en los últimos meses y que ella había asumido por completo.

Ania no se separó de su amiga durante las dos primeras semanas. Iba a trabajar y luego pasaba el resto del día con ella en casa.

Pero los días pasaban y Andrea seguía encerrada en sí misma. Se negaba a mostrarse tal y como se sentía. Se negaba a hablar de sus sentimientos. Pero tampoco sabía, nunca lo había hecho a excepción de un pequeño período de la relación con Matías, y ahora no tenía ni idea de cómo empezar.

Como cada tarde desde hacía algo más de dos semanas, Ania llegó a casa de Andrea. Llamó a la puerta y nadie le abrió. Empezó a ponerse nerviosa y, cuando se desesperó, decidió abrir con la copia de la llave que le había dado su amiga cuando se mudó a ese apartamento.

Esa tarde, Andrea se sentía loca de rabia, de dolor y de ira. Había zarandeado los cajones de las mesitas de noche, había tirado la cristalería del mueble bar del salón, había sacado la ropa revoloteándola por toda la casa y había destrozado todo lo que encontró a su paso. No entendía por qué lo hacía, pero se lo pedía su cuerpo y su cabeza, como también le pedían llorar y gritar.

Al abrir la puerta, Ania se encontró todo revuelto, cristales por el suelo, ropa tirada, sillas volcadas… Andrea estaba llorando en su habitación. No estaba alterada, lloraba de manera serena, cansada, consumida…

Ania se acercó a la cama.

— ¿Qué ha pasado?

Andrea seguía llorando, tardó en contestar.

—¿Por qué no tengo a nadie? ¿Por qué me ha tenido que pasar esto?

Andrea estaba derrotada. Muchos años de silencio. Muchos años de indiferencia. Ya no era Matías, eran sus raíces. No tenía. Estaba vacía. Se sentía vacía.

—¿Por qué vienes? —comenzó a gritar—. ¿Es por lástima? ¿Porque mi vida ha sido una mierda? No te necesito a ti tampoco —se levantó de la cama y siguió tirando cosas—no puede ser que valga tan poco, que no le importe a nadie.

Andrea necesitaba liberar la rabia contenida durante años. El dolor silenciado, la falta de apoyo. Necesitaba volver a experimentar la vida. Eso solo lo conseguiría soltando todo aquello que la arrastraba hacia atrás, que la condicionaba.

Ania también gritó.

—Estás rabiosa. Tienes mucha ira acumulada. No es justo que la saques contra mí. Yo no te he hecho nada. No actúes conmigo como lo hizo Matías contigo. Afronta tu vida y empieza de nuevo, pero no culpes a nadie. Solo tú eres culpable de querer ser víctima y sufrir.

Ania se fue del apartamento y dejó allí a su amiga. Sería la primera tarde que pasaría sola.

Ania se negaba a creer que su amiga estuviera así. Que se comportara así y no solo que se comportara de esa manera, sino, sobre todo, que lo hiciera con ella.

Andrea pasó la tarde llorando, lamentándose de sí misma por todo lo que le había pasado, sintiéndose culpable de todo y enfadada con todos los que estaban a su alrededor.

Después, estuvo varios días sola, escuchándose, escuchándose de verdad, sin enjuiciarse ni enjuiciar, sin tachar de buenas o de malas las cosas. Necesitaba ver con claridad lo que pasaba. Nadie la había atacado más que ella misma. Tan solo le había sucedido lo que ella había querido dejar que le sucediera, lo que había querido ver que le sucedía. Era su propia víctima, no la de nadie. Guardaba demasiadas culpas, demasiados rencores, siempre señalaba con el dedo al culpable de sus tragedias, pero nunca se dijo que ella era la única responsable de su realidad, la única responsable de sus decisiones. La responsable de su vida y de sus sentimientos hacia ella y hacia los demás.

Ya se sentía víctima mucho antes de conocer a Matías, ya se sentía culpable de la muerte de los niños que no podía salvar, se sentía sola por la falta de comprensión en sus padres. Ella ya había decidido cuáles eran sus sentimientos, era su manera de percibir.

Pasó esos días llorando. No eran solo lágrimas, era ira, rabia, lástima, enfado. Estuvo sacando de su ser todo lo que no la dejaba ver ni crecer. Lo que la paralizaba y la hacía sentir de otra forma que no era sentir. Estuvo soltando, vaciándose.

Necesitaba resurgir de su mundo de miedos, de infravaloración, de demostraciones, de parecer y no ser.

A veces, para renacer hay que morir. Para llenarse hay que vaciarse primero y prepararse para alimentar tu alma de tus elecciones.

Andrea tenía que desintoxicarse por dentro. Vomitar el veneno que ella se administraba. El veneno que la consumía.

CAPÍTULO 9:

UN NUEVO COMIENZO

Ya hacía casi un año de toda aquella pesadilla. Andrea había cambiado mucho, aunque ¿lo suficiente?

Se había descubierto en muchos aspectos. Había aprendido algo de su amiga Ania y de su forma de afrontar las cosas, aunque todavía la perseguían sus prejuicios.

Había aprendido a quererse un poco más y a regalarse tiempo para ella.

Se había dado cuenta de que su mejor amiga podía ser ella misma, al igual que podía ser también su peor enemiga.

Tomó la costumbre de dar largos paseos en solitario, que utilizaba para relajarse o para reflexionar. A veces, se sentaba en un parque a leer o escuchar música. Simplemente quería tener una cita con ella misma. Lo quería y lo necesitaba.

En esos momentos de soledad y silencio era cuando se escuchaba. Aprendió también a escuchar la voz del silencio, a tomar conciencia de lo que sucedía a su alrededor, aprendió a deleitarse con el sol, con el viento. A apreciar lo que la rodeaba y a apreciarse a ella misma.

En uno de sus paseos de primavera, viendo el atardecer y los cambios de luz, parándose para disfrutar y reconfortarse, vio a lo lejos a Pet. Ya hacía casi un mes de su fiesta y desde entonces no lo había vuelto a ver.

Andrea levantó la mano cuando lo reconoció y lo llamó para que le prestara atención.

Pet estaba parado al lado de un estanco, fuera del parque. Cuando escuchó su nombre, levantó la mirada del *iPhone* y rebuscó para ver quién lo llamaba.

Andrea se acercó aligerando el paso.

—¡Hola!

—¡Hola, Andrea! ¿Qué haces por aquí?

—Pues la verdad es que me gusta mucho esta avenida con el parque y suelo venir a pasear algunas veces. ¿Y tú?

—Yo estoy esperando a Sebas y a Ania. Hemos quedado para ultimar unas cosas y tomarnos algo. ¿Te quieres quedar con nosotros? No nos tomará mucho tiempo.

—Pero es por trabajo y yo no sé mucho de eso.

—Bueno, el trabajo es una excusa. Son dos cosas de nada. Es más por vernos.

—Está bien…, si es así, me quedo un rato.

Cruzaron la calle y anduvieron por la avenida hasta llegar a una cafetería. Allí estaban Ania y Sebas.

—Hola, Andrea —dijo Ania efusivamente—.

¿Qué haces aquí?

—Nos hemos encontrado y le he pedido que nos acompañe —contestó Pet.

—¡Pues genial!, así luego hablamos, que hace mucho que no nos vemos y ya quedaremos las dos solas para hablar de cosas que quiero contarte.

Como siempre, Ania demostraba lo mucho que le gustaba la vida social, quedar con amigos y estar de cháchara.

Después de los saludos, comenzaron a hablar sobre un evento bastante importante y sobre cómo iban a enfocarlo. Sobre colores, colecciones y un sinfín de cosas que Andrea no entendía.

Cuando terminaron y empezaron a recoger papeles entre risas, sonó el teléfono de Pet.

—Ania, vamos a tener que irnos —dijo Pet.

—¿Por qué?

—Me han llamado del almacén y en veinte minutos nos llega un pedido que se ha adelantado.

—Pues vaya —dijo con fastidio—. En otras circunstancias se habría alegrado de recibir un pedido antes de tiempo, pero hoy no le apetecía irse de allí.

Pet y Ania se fueron. Otra vez se quedaban solos Sebas y Andrea. Y, de nuevo, no sabían cómo se sentían. Cómodos e incómodos a un tiempo, quizás. Expectantes el uno del otro. No les molestaba la situación, de hecho, podría decirse que les agradaba, pero ninguno se atrevía a decirlo en voz alta o a demostrarlo.

Sebas, en un arranque de sinceridad, le preguntó:

—¿Qué te ha pasado?

—¿Cómo?

—Sí, ¿qué te ha ocurrido para estar siempre tan oculta, para no querer mostrarte cómo eres?

—A mí no me ha pasado nada.

—Una persona no actúa con miedo solo porque sí. Tiene que existir una razón.

—Yo no actúo con miedo.

—Entonces, si ya no tienes miedo de mí, podemos retomar la conversación que se nos quedó pendiente en mi coche.

—Y tú, ¿por qué te empeñas en forzar cosas?

Andrea aún no podía evitar ponerse en actitud defensiva, aunque ni ella entendía por qué lo hacía. En el fondo le gustaba Sebas, pero no era capaz de reconocerlo. No se atrevía. Y sí, tenía miedo, claro que lo tenía. Le daban miedo sus recuerdos, sus fallos, o lo que ella creía que habían sido sus fallos. Tenía miedo de que se repitiera la historia de Matías. Tenía miedo de los pensamientos que todavía guardaba.

—Yo no intento forzar nada. Solo quiero intentar algo bonito. Intento que nos conozcamos, que nos demos nuestros números de teléfono… Solo es eso.

Andrea no sabía qué hacer. Le gustaba la idea, pero le daba miedo. No era capaz de expresar lo que quería ni lo que sentía.

—¿Qué te impide quedar? ¿Por qué estás siempre tan cerrada a vivir, a darte una oportunidad para ser feliz? ¿Qué te ha pasado que no te deja relajarte y disfrutar?

Y se miraron a los ojos. Él con la mirada desconcertada, sin comprender, lleno de preguntas sin resolver. Ella con los ojos vidriosos, llenos de temor por todo lo sucedido, protegiéndose para que no le volviera a suceder.

—¿Por qué te cuesta tanto creer que quiero conocerte, que tengo buenas intenciones y que en este último año me he enamorado de ti? Tan solo te pido una oportunidad para que me conozcas .

La realidad era que, a Andrea, Sebas tampoco le era indiferente. Ese último año él había tratado de acercarse siempre con mucha paciencia y respetando las distancias y el tiempo que ella le marcaba. Pero, a la vez, la sombra de Matías la perseguía. Una sombra de miedo y de maltrato que la había dejado herida.

Y ahora no sabía cómo salir de ahí, cómo hacer

para terminar la conversación. Su cabeza recorría diferentes recuerdos de Sebas y Matías, comparándolos a tal velocidad que sentía estar ante una película en *time-lapse*.

—Bueno... No sé...—dijo ella con gran timidez y sintiéndose acorralada.

Entonces, entre tantos recuerdos, le llegó uno que la hizo reaccionar y pensar que tal vez ella se merecía seguir su propio camino. Recordó las palabras de Ania aquel día de confidencias y consejos en la cafetería mientras desayunaban antes de irse de compras.

'Son los recuerdos los que deben vivir en ti y no tú en ellos ni de ellos".

En ese momento, reflexionó sobre el rumbo de su vida, sobre lo que había estado haciendo, sobre la manera en la que se aferraba a los momentos de dolor que ya no estaban, pero que traía una y otra vez a su cabeza a modo de defensa, para utilizarlos como advertencia y aislarse del mundo.

Sintió que había llegado el momento de tomar por fin una decisión. De posicionarse. No podía vivir eternamente entre dos aguas, porque al final no vivía en ninguna. Tenía que elegir entre el pasado y el miedo o el presente y las sorpresas que este pudiera traer. Para eso debía abrirse al mundo, un mundo nuevo, y mostrarse receptiva con lo que se le fuera presentando.

Andrea levantó la cabeza y con voz entrecortada pudo decir:

—Tal vez algún día.

Sebas respiró, Andrea, por fin después de tanto tiempo, le dejaba una puerta abierta.

REFLEXIONES

¿Cuántas caras puede tener la vida?

¿Cuántas caras puede tener una misma vida?

¿Cuántas maneras hay de vivir?

¿Te atreves a decir quién es la víctima y quién el verdugo?

Puede que, en ocasiones, todos seamos nuestro propio verdugo.

¿Cuántas formas existen de asimilar y asumir las circunstancias?

¿Cuál de todas ellas es la correcta o la incorrecta?

¿Alguna vez te lo has preguntado? Imagino que sí.

Parece que no existe una verdad absoluta sobre la vida, las situaciones ni las emociones.

¿Cómo vemos nosotros la vida de los demás?

¿Y cómo se ven ellos en primera persona? Y

nosotros, ¿cómo vemos nuestra vida?

Qué diferentes pueden llegar a ser estas respuestas, ¿sabes por qué?

Probablemente todas las decisiones puedan ser correctas e incorrectas a la vez, todo dependerá de la persona.

Quizá te sientas identificado con alguno de estos personajes o con más de uno, pero ¿te sientes también capaz de juzgarlos? ¿Has probado a ponerte en sus zapatos?

Al final, todo son percepciones.

Y, tú, cómo te percibes. ¿Cómo percibes tu vida?

Carolina Cebrian Escobar Reside en Benalmádena (Málaga). Es Asesora y orientadora familiar. Acompaña a las personas en el proceso de cambio, desarrollo y crecimiento personal. Desde muy pequeña se interesó por las personas y las diferentes formas de ayudar a los demás. Comenzó sui formación como Técnico de Educación Infantil desarrollando su trabajo en diferentes centros infantiles, colegios y centros de menores y acogida. Continuó su formación graduándose como Educadora Social con menciones en Animación Sociocultural y Desarrollo Comunitario y Atención a Personas en Riesgo de Exclusión Social. Está colegiada en CoPESA.

Las caras de la vida es su primera novela publicada, aunque también publicó en Octubre de 2018 un cuento ilustrado "Una historia cualquiera".

Escribí esta pequeña novela de manera sencilla y cercana sin intención de encasillarla en ningún tipo de género y con el deseo de que el lector pase un rato agradable conviviendo con sus personajes y rodeado de positividad.

Quise plasmar valores como la amistad, la familia y la libertad.